찌아찌아 마을의
한글 학교

찌아찌아 마을의 한글 학교

초판 1쇄 발행 2011년 10월 9일
초판 5쇄 발행 2019년 6월 20일

지은이　　정덕영
펴낸이　　이영선

편집　　　강영선 김선정 김문정 김종훈 이민재 이현정
디자인　　김회량 정경아
독자본부　김일신 김진규 김연수 정혜영 박정래 손미경 김동욱

펴낸곳 서해문집 | 출판등록 1989년 3월 16일(제406-2005-000047호)
주소 경기도 파주시 광인사길 217(파주출판도시)
전화 (031)955-7470 | 팩스 (031)955-7469
홈페이지 www.booksea.co.kr | 이메일 shmj21@hanmail.net

ⓒ 정덕영, 2011
ISBN　978-89-7483-491-3　03810

이 도서의 국립중앙도서관 출판예정도서목록(CIP)은 서지정보유통지원시스템
홈페이지(http://seoji.nl.go.kr)와 국가자료공동목록시스템(http://www.nl.go.kr/
kolisnet)에서 이용하실 수 있습니다.(CIP제어번호: CIP2011004057)

첫 번째 찌아찌아 한글 교사의

아주. 특별한. 일 년.

찌아찌아 마을의

한글 학교

정덕영
지음

서해문집

세종대왕의 큰 뜻

인도네시아의 찌아찌아 말에 한글을 나누어 준 일은 우리말이 아닌 다른 말을 한글로 표기하게 되었다는 점에서 매우 뜻 깊은 일입니다. 세상에서 가장 독창적이고 과학적인 한글이 드디어 세계를 향해 첫걸음을 내디딘 것입니다. 우리의 소중한 문화유산 한글을 지구촌 사람들과 함께 나누어 쓰는 길이 열린 것이며, '문맹 타파'라는 세종대왕의 한글 창제의 큰 뜻을 널리 펼친 것입니다. 지난 1년간 현지에서 사랑을 다해 한글 씨앗을 뿌리고 싹 틔운 개척자, 정덕영 선생의 고귀한 활동이 이 책에 담겨 있습니다. 이 책을 통해 한글 나눔의 참뜻을 함께 체험하고 한글의 위대한 힘을 다 같이 느껴 보시기 바랍니다.

권재일 | 국립국어원 원장 · 서울대학교 언어학과 교수

한글 나눔, 몸으로 실천하다

훈민정음학회는 2010년, 찌아찌아족에게 한글을 가르칠 교사를 공모해 여러 명의 응모자 중에서 정덕영 교사를 선발했다. 그는 1년 동안 자신의 임무를 훌륭히 수행했다. 이는 한글 보급의 역사라는 관점에서 외국 지방정부의 동의 아래 한글이 공식적으로

교육된 최초 사례가 된다. 정인지는 《훈민정음》 해례본 서문에서 "한글은 미치지 않는 바가 없어서 바람소리, 학이나 닭의 울음소리, 개 짖는 소리도 능히 써낼 수 있다."고 했다. 조선 후기, 신경준은 《훈민정음운해》에서 "한글은 천언만어千言萬語를 다 섬세히 그려 낼 수 있다"고 했다. 한글이 지닌 이런 장점이 머나먼 인도네시아 찌아찌아 말에 적용되었으니 한글 교사 정덕영이 행한 일이 어찌 적다고 하겠는가!

또한 찌아찌아 말을 한글로 적는 것은 유네스코가 지향하는 문화와 언어 다양성의 가치에 한글이 기여했다는 점에서 그 의미가 크다. 찌아찌아 말은 그 사용 인구가 8만여 명에 불과한 소수 언어로서 절멸 위기의 언어다. 한 언어의 소멸은 그 언어가 일궈 온 문화와 사상과 역사의 소멸을 뜻한다. 따라서 한 언어를 보존한다는 것은 하나의 문화와 사상과 역사를 보존하는 것이 된다. 한글이 찌아찌아 말의 표기 문자로 사용된 것은 이처럼 의미심장한 것이다.

한글 교사 정덕영은 바로 이러한 일을 몸으로 실천한 사람이다. 그리고 자기가 행한 실천의 과정을 기록해 이 책을 이루어 냈다. 따라서 이 책은 한국의 문화사, 더 나아가 세계의 문화사에서 중요한 가치를 가진다고 믿는다.

앞으로, 정덕영 교사가 뿌린 찌아찌아족에 대한 한글 나눔의 씨앗이 결실을 맺을 수 있기를 진정으로 바란다. 그리고 한글 나눔을 위한 그의 열정과 애정이 이 책을 통해 모든 사람의 가슴에 울려 퍼지기를 기대한다.

백두현 | 훈민정음학회 회장 · 경북대 국어국문과 교수

"내가 말하는 곳을 찾아봐라."

어렸을 적 아버지는 세계지도를 펴놓고 이렇게 말씀하셨다. 그러면 우리는 일제히 그곳을 찾곤 했다. '지도 찾기'는 오랫동안 우리 가족의 즐거운 놀이가 되었다. 아버지가 바쁠 때는 우리끼리 했다. 그래서 웬만한 지명은 어디에 있는지 알고 있다. 그중 몇몇 곳은 위치는 모르더라도 들어보지 못한 곳은 아니었다. 출국하기 전 인사를 드리러 부모님을 찾아뵀다. 형제와 조카가 모두 모였을 때 아버지는 세계지도를 거실에 펼쳐 놓고 우리에게 부톤 섬과 바우바우를 찾아보라고 하셨다. 부톤 섬과 바우바우는 우리 가족의 손끝에서 세상의 한 자리를 차지하고 있었다.

내가 이 글을 쓰게 된 이유는 부톤 섬에 한글이 튼튼하게 뿌리내리게 하기 위해서다. 그러려면 찌아찌아족과 한글 나눔을 지속해야 한다. 한글 나눔의 기록을 남기는 것, 그것은 찌아찌아족에게 한글을 가르쳤던 내게는 피할 수 없는 의무로 다가왔다. 내 뒤에 올 누군가를 위해서도 꼭 필요한 기록이기 때문이다. 그리고 사랑스러운 찌아찌아족 어린이·학생과 지낸 즐거웠던 생활을, 부톤 섬의 자연과 사람들의 이야기를 많은 분들과 나누고 싶었기 때문이다. 내가 이 글을 쓸 수 있었던 것은, 그곳에서 생활하면서 틈틈이 기록한 메모와 일기가 있었기 때문이다.

내가 아는 한 물리적인 영향력 없이 한 나라의 문자가 다른 나라로 전파된 일은 한글이 처음이 아닐까 한다. 나는 한글 나눔의 한국인 최초 한글 교사로서, 문자가 없는 부족인 인도네시아 부톤 섬의 찌아찌아족을 만나게 되었다. 내가 할 일은 찌아찌아족이 그들의 말을 글자로 표기하고 읽을 수 있도록 한글을 가르치는 것이었다.

문자는 생각과 느낌을 전달하는 수단일 뿐만 아니라 그 민족의 문화를 창조하고 발전시키며 보존해 나갈 수 있도록 하는 힘이다. 우리 민족이 수많은 역경을 딛고 반만년 역사를 눈부시게 발전시켜 온 것은 한글이 있었기 때문에 가능했다. 특히 우리가 오늘날 정보 기술 강국이 된 데에는 한글의 과학성과 우수성이 그 바탕을 이루고 있기 때문이다. 우리가 우리말과 글을 소중히 여기고 가꾸어 나가야 하는 까닭이 여기에 있다.

찌아찌아족이 한글을 받아들이는 이유 역시 문자가 얼마나 중요한지 알기 때문이다. 찌아찌아족은 자신의 말을 한글로 표기함으로써 지금보다 더 활발하고 광범위하게 언어생활을 할 수 있고, 그들의 역사와 문화를 문자로 기록해 후세에 전승할 수 있게 된다.

13세기 초 인류 역사상 가장 큰 제국을 건설했던 몽골제국은 100여 년 만에 멸망하고 말았다. 많은 이유가 있겠지만 그들의 역사와 생활을 기록할 수 있는 문자가 없었다는 것을 큰 이유로 꼽기도 한다. 아시아의 동쪽 끝에 있는 작은 나라지만 수많은 외침 속에서도 번영하고 찬란한 문화의 꽃을 피운 대한민국이 한글이라는 문자를 가졌다는 사실과 대비된다.

찌아찌아족이 한글을 배운다는 것은 무슨 의미일까. 초대 훈민정음학회장인 서울대 언어학과 김주원 교수가 중앙일보2009년 10월 19일자에 기고한 〈한글 나눔의 진정한 의미〉란 글에 그 의미가 잘 나와 있다.

훈민정음학회의 한글 나눔 사업이 알려진 후 걱정이 앞서는 것은 한글 나눔의 의미가 잘못 이해되어 문화 침투로나 여겨지지 않을까 하는 점이다. 영문 알파벳 즉 로마자는 비교적 보편성을 지닌 인류의 문자이므로 글자 없는 민족이 로마자를 그들의 표기 도구로 채택했다는 것은 전혀 뉴스거리가 되지 못한다. 그러나 한민족의 독특한 문화를 담고 있는 한글이 다른 민족에게 채택되었다는 것은 전대미문의 사건이다. …… 한글은 말을 적는 도구다. 따라서 한글로 찌아찌아족의 말을 표기한다는 것의 의미는 찌아찌아족의 말을 지금보다 더 활발하게 쓰기 위한 수단으로서 한글이 사용된다는 뜻이다. 다시 말해 한글을 통해서 절멸 위기에 처한 언어를 구해낸다는 것이다. …… 따라서 한글 나눔을 한글 보급의 관점에서 볼 것이 아니라 한글로써 인류의 언어 · 문화 다양성 보존에 이바지한다는 보다 넓은 시각에서 이해해야 한다.

찌아찌아 마을의
한글 학교

나는 그곳 고등학교에서는 외국어로서 한국어를 가르치기도 했는데 한글과 한국어를 가르치면서 되뇌었던 말이 있다. 《훈민정음언해訓民正音諺解》의 서문, 바로 세종대왕의 말씀이다.

나랏말이 중국과 다르고 그래서 백성이 서로의 뜻을 전하려 해도 쉽지 않아, 이를 가엾게 여겨 문자를 만들었다는 그 말씀. 내가 감히 세종대왕님의 큰 뜻을 따라갈 수 있을까마는, 찌아찌아족과 생활하면서 내가 해야 할 일이 그것과 크게 다르지 않다고 생각했다. 따라서 사명감은 컸고, 또 그 부피와 무게만큼 책임감이 뒤따랐다.

뒤돌아 생각해 보면 부톤 섬의 1년은 낯선 환경 때문에 매일매일 힘들었지만 아이들 덕분에 하루하루가 즐거웠다. 아침에 눈을 뜨면 '오늘은 학교에서 무슨 말로 수업을 시작할까?' 하는 생각으로 가슴이 뛰었다. 사랑스러운 아이들과 우리말과 우리글을 나누는 생활은 이 모든 어려움을 상쇄하고도 남을 만큼 나에게 희열과 보람을 안겨 주었다. 물론 한국으로 돌아온 지금도 내 마음은 사랑스러운 찌아찌아족 아이들 곁에 남아 있다.

나는 한글 교사가 되기 전에 20년 넘게 직장 생활을 한 평범한 샐러리맨이었다. 하지만 늘 '가지 않은 길'에 대한 목마름이 있었다. 그것은 한국어 공부를 하면서 구체화되었는데 언젠가 '간도'에 가서, 어쩔 수 없이 그곳에서 살아야 했던 동포 3세, 4세를 가르치면서 고국의 문화와 한국어를 소개하고 모국에서 취업할 수 있도록 하는 일, 또 NGO의 일원으로 한국전쟁 후 5, 60년대 UN에서 파견돼 한국의 재건을 도

왔던 세계 여러 나라의 사람들처럼 나도 남미, 아프리카 등 도움이 필요한 곳에서 활동하고 싶다는 생각을 가지게 되었다.

그러던 중 찌아찌아족에게 한글을 가르칠 수 있게 된 이번 일은 내게 찾아온 소중한 기회였다. 누구나 그렇듯 나도 인생의 전환기를 맞게 된 '가지 않은 길'에 대한 두려움은 있었다. 하지만 두려움으로 뛰던 가슴은 점차 호기심과 설렘으로, 소풍을 앞둔 어린이처럼 뛰게 되었다. 그리고 지금 난 아주 즐거운 소풍을 다녀온 아이처럼 행복하다.

나는 이번 일을 계기로 많은 생각을 하게 되었다. 무엇보다 가장 큰 깨달음은 한글을 가르치는 일이 단지 우리나라에서 사용되는 기호를 가르치는 수준의 일은 아니라는 점이다. 우리나라의 역사와 문화를 알리는 일이며, 문자가 없는 민족의 경우에는 그 나라의 역사와 문화를 보전하는 일을 도와주는 큰일이라는 것이다. 나아가 두 나라의 문화가 만나게 되는 귀중한 교류임을 깨달았다. 내가 부톤 섬에서 찌아찌아족 아이들과 함께하며 한글을 가르쳤지만 물론 충분하다고는 할 수 없다. 단지 앞으로 이곳에서 한글 교육의 실마리를 이끌어 내는 징검다리의 역할이라면 충분하리라 생각한다.

부톤 섬의 찌아찌아족이 한글을 받아들이기까지는 부톤 섬뿐만 아니라 세계 곳곳에서 문자 없는 민족의 한글 사용을 위해 끊임없이 타진하고 시도했던 한글학자와 언어학자의 노력이 있었음을 밝힌다. 또 한글이 문자 없는 여러 민족의 희망이 될 수 있다는 신념을 가지고 한글 나눔 사업을 주도한 이기남 원암재단 이사장님과 훈민정음학회 백두현 회장님, 또 많은 조언과 격려를 아끼지 않은 권재일 국립국어원장님께도 감사드린다. 그리고 한글이 찌아찌아족의 문자로 사용된다는 사실에 기뻐하며 응원해 준 모든 분에게 감사의 말씀을 드린다. 부족한 글을 훌륭한 책으로 엮어 준 서해문집에도 감사의 말씀을 전한다.

삶의 여정을 함께하며 나에게 가장 큰 기쁨의 원천이었던 가족은 내가 찌아찌아족과 보람있는 시간을 보낼 수 있도록 도운 가장 큰 후원자다.

아무쪼록 찌아찌아족 어린이와 함께했던 시간이 한글 정착의 씨앗이 되어 그들의 문화가 활짝 꽃 피우기를 간절히 원한다.

2011년 한글날 닷포 전에

차례

1 | 씨앗을 준비 하는 농부의 지혜

2 | 봄, 한글 씨앗을 뿌리다

3 | 여름,
한글 새싹이 자라다

씨 ㅣ ㅇ ㅏ ㅅ

ㅜ ㄴ ㅂ ㅣ ㅎ

ㄴ ㄴ ㅗ ㅇ

ㅢ ㅈ ㅣ ㅎ ㅖ

(2) ㄱ ㄱ ㄱ ㄱ ㄱ ㄱ ㄱ ㄱ ㄱ ㄱ

(3) ㄴ ㄴ ㄴ ㄴ ㄴ ㄴ ㄴ ㄴ ㄴ ㄴ ㄴ

(4) ㄷ ㄷ ㄷ ㄷ ㄷ ㄷ ㄷ ㄷ ㄷ ㄷ ㄷ

(5) ㄹ ㄹ ㄹ ㄹ ㄹ ㄹ ㄹ ㄹ ㄹ ㄹ ㄹ

1 | 씨앗을 준비하는 농부의 지혜

"아빠 까바르"

드디어 출국. 가족과 아주 긴 작별 인사를 하고 가루다 항공 비행기에 오르기 위해 111번 게이트 앞에 섰다. 그동안의 일이 아주 빠르게 머릿속에서 스쳐갔다. 가족 몰래 찌아찌아 한글 교사에 지원한 일, 합격하고 나서야 가족에게 얘기한 일, 신문에 난 내 기사를 보고 온 가족이 즐거워하던 일……. 나이 50을 바라보는 중년의 아저씨가 내리기에는 쉬운 결정이 아니었다. 그만큼 찌아찌아족 한글 교육이라는 임무를 충실하게 완수해야 한다는 책임감이 생겼다.

　처음 가는 인도네시아, 그것도 많이 들어 본 자카르타가 아닌 생전 처음 들어 보는 부톤 섬. 목적지까지 가기 위해서는 발리에서 인도네시아 국내선 마카사르행 비행기로 갈아타야 했다. 국내선은 어떻게 타야 하는지, 매표소는 어딘지, 왜 안내방송이 없는지… 아무것도 모르는 한국 촌놈은 다행히 마샤리라는 인도네시아 청년의 도움으로 무사히 마카사르행 비행기를 탈 수 있었다.

드디어 부톤 섬에 내렸다. 발리에서부터 느꼈던 묘한 냄새가 코를 자극했다. 향을 태우는 냄새 같기도 하고, 진한 화장품 냄새 같기도 했다. 여기서 살려면 이 냄새부터 적응해야겠다는 생각을 하고 바우바우 시 청사로 향했다.

아미룰 타밈 시장이 환하게 웃으며 맞아 주었다. 이미 구면인 아미룰 타밈 시장은 실내인데도 검은색 선글라스를 쓰고 있었다. 이 장면은 두고두고 잔상에 남아 있다. 개발도상국의 지도자는 마치 이런 모습이어야 한다는 것처럼 말이다.

단 한 번 그를 만났을 뿐인데 오래된 친구처럼 반가운 것은 이곳이 찌아찌아족이 사는 부톤 섬이기 때문일까, 아니면 한국이 아니기 때문일까?

나중에 시장과 면담을 하면서 들은 얘기지만 아미룰 타밈 시장은 우리나라의 역대 대통령에 대해서 잘 알고 있으며 특히 새마을운동, 경제개발 5개년계획과 같은, 경제개발에 관한 한 대한민국을 모델로 삼고 있으며 한국의 지도자들을 존경해서 자서전도 읽고 있다고 했다. 지금 인도네시아의 모습은 우리나라의 3, 40년 전쯤을 연상케 하는데 이를 단숨에 뛰어넘고자 하는 시장의 바람이 엿보이는 대목이었다.

나는 입누_{나를 도와주는 공무원}와 같이 호텔로 갈 때 그에게서 시장이 나를 위해서 수요일부터 토요일까지 호텔 숙박비를 대납해 주었다는 얘기를 들었다.

'뭐 이런 걸 다'가 인도네시아 말로 뭐더라?

한국의 경제개발을 모델로 삼고 있다는
바우바우 시 아미룰 타밈 시장.

다음 날, 앞으로의 일정을 상의하기 위해 입누가 나를 찾아왔다. 그
런데 입누가 가져온 시간표가 아무리 봐도 이상하다.

'SMA1, SMA2 이건 뭐지?'

인도네시아의 초등학교는 SD, 중학교는 SMP, 고등학교는 SMA라고
하는데 각 학교는 SD1, SMP2, SMA3 등과 같이 번호를 부여하여 구별
하고 있다. SMA1, SMA2, SMA3……. 이를테면 제1고등학교, 제2고등
학교 뭐 그런 식인데 바우바우 시에는 6개의 고등학교가 있으니 SMA6
까지 있다.

나는 소라올리오에 있는 찌아찌아족이 다니는 제6고등학교와 까르
야바루 초등학교, 두 곳에서 한글과 한국어를 가르치기로 했는데 시간
표에는 난데없이 일정에 없던 제1고등학교와 제2고등학교가 추가되
어 있었던 것이다.

내가 영문을 모르겠다는 표정을 짓자 입누는 시장과 학교장의 의견
을 받아들여 제1고등학교와 제2고등학교를 더 추가했다고 설명했다.

찌아찌아 마을의
한글 학교

그러고 나서 제1고등학교가 부톤 제일의 명문인데 가장 우수한 2개 반에 한국어 시간을 배정했다고 덧붙였다.

지원자가 많아 성적순으로 반을 배정했다는 것이다. 전혀 예상하지 못한 상황이라 처음에는 조금 당황했지만 한국어에 관심과 애정을 갖는 것이라고 생각하니 이를 받아들이지 않을 도리가 없었다. 시간표는 적절하게 배분됐고, 시장의 의견과 학교장의 의견이 반영되어 작성되었을 것이므로 많은 수정을 할 수 없지만 대신 찌아찌아족이 사는 소라올리오의 한글 수업 시간을 좀 더 늘리기로 했다.

지금부터 시작이다. 두근거리는 마음을 애써 누르며 처음 도착한 곳은 제1고등학교SMA1. 입누와 함께 교장 선생님을 먼저 만나 뵙고 학생들이 있는 교실로 향했다.

입누는 지난해 12월 시장과 함께 한국을 방문했던 36세의 바우바우시 공무원으로 오스트레일리아 유학파다. 그래서 영어도 잘하기 때문에 아미룰 타밈 시장은 한국에 관한 실무를 모두 맡겨 놓은, 이른바 한국통이다.

복도를 지나 교실로 가는 중에 웃고 장난치던 학생들이 나를 보고는 호기심이 가득한 눈으로 신기한 듯 바라봤다. 눈이 마주칠 때마다 가볍게 웃어 주었는데 학생들은 나를 따라 웃기도 하고 수줍어하기도 했다. 교실이 가까워질수록 가슴이 쿵쾅쿵쾅거리는데 한 학생이 문을 조금 열어 나를 보고는 들뜬 목소리로 반 아이들을 향해 소리치는 게 보였다. 문을 열고 교실에 들어서니 아이들의 시선이 일제히 나에게로

학생은 어디든 푸르다.
이들은 나를 진심으로 환영해 주었고
한국어를 배우게 된 것을 매우 기뻐했다.

쏠렸다. 모든 시선이 일순간 내게 닿는 것 같은 느낌이 들었다.

교장 선생님이 먼저 학생들에게 나를 소개했다. 교장 선생님의 말씀이 끝나자마자 아이들이 일제히 환호성을 지르며 반겨 주었다. 역시 한국이든 인도네시아든 학생들은 싱그럽다. 특히 고등학생이 주는 푸릇푸릇함은 그들의 온몸에 자연스럽게 배어 있는 것 같다. 덩달아 나도 막 싱그러워지는 느낌이었다.

앞으로 한 학기 동안 나와 한국어, 즉 '바하사 코리아'를 배우게 될 학생을 헤아려 보니 남학생이 약 10명, 여학생이 17명이었다. 여학생이 남학생보다 좀 많네, 싶었는데 앞으로 만나게 되는 학교의 대부분의 성비를 보면 여학생이 압도적으로 많았다. 우리나라도 요즘은 여자가 대세인데 인도네시아도 마찬가지인 모양이다.

나중에 알아본 바로는 남학생은 일찍 사회로 진출하기 위하여 실업계 고등학교로 많이 진학해서 자연스럽게 인문계 고등학교는 여학생이 많다고 했다.

교장 선생님의 소개로 아이들과 첫 인사를 했다.

"아빠 까바르_{인도네시아어로 안녕하세요}. 만나서 반갑고, 여러분과 할 수업이 매우 기대가 됩니다. 인니어를 잘하지 못해서 미안합니다. 나도 여러분에게 인니어를 열심히 배울 테니 여러분도 한국어를 열심히 배워 주시기 바랍니다."

어제 인도네시아 말로 준비한 인사말이었다. 서툴렀지만 진심이 전달됐다는 느낌이 들었다. 학생들이 기쁨에 차올라 소리치고 싶은 것을 꾹 참으며, 힘껏 박수를 치려다가 손바닥이 마주치려는 순간 억지로 멈추는 동작을 어떻게 표현하면 좋을까? 반짝반짝 빛을 내며 나를 쳐다보던 눈동자 때문에 부톤 섬을 찾아오는 동안의 고생이 눈 녹듯 사라졌다.

한 여학생이 영어로 또박또박 질문을 했는데 나보다 훨씬 유창했다. 인도네시아도 우리나라처럼 필수 외국어가 영어였기 때문이다. 그렇다면 한국어는 제2 외국어니까 머지않은 시일 내에 한국어도 유창하게 할 수 있겠지. 한국어로 말하는 인도네시아 학생들을 상상하니 기분이 좋아졌다.

두 번째 교실로 이동하던 중 교장 선생님 일행을 본 아이들이 황급하게 이리저리 숨거나 쑥스럽게 인사를 했다. 두 번째 교실까지 인사를 끝내고 학교를 나오는 길에 뒤돌아보니 학생들이 교실 창가에 바짝 붙어서 구경하고 있다. 귀여운 것들.

비록 찌아찌아족만을 생각하며 인도네시아를 찾긴 했지만 제1고등학교와 제2고등학교의 학생들도 반가웠다. 어쨌든 바우바우 시에 있는 6개 고등학교 중에서 3개 학교에서 수업을 진행하게 되었으니 그나름 한국어는 돛대를 달고 순항하게 되었다.

왼손이 하는 일을
오른손이 모르게 하라

인도네시아에서 '손'은 여러 가지 의미로 참 특별하다. 인도네시아 사람을 만나기 전의 나는 평소에 오른손과 왼손이 말없이 최선을 다해서 서로 돕는다고 생각했다. 그래서 나는 부부가 왼손과 오른손 같은 사이라면 퍽 행복할 것 같다는 생각을 하기도 했다. 그러나 인도네시아에서는 양손이 친하면 큰일 난다. 인도네시아 사람은 왼손과 오른손을 정확히 구별하여 사용하기 때문이다.

인도네시아에서 오른손은 '깨끗한 손', 왼손은 '부정한 손'이다. 다시 말해 인도네시아에서는 지저분한 것을 다룰 때에는 왼손을 쓰고 깨끗하고 신성한 것에는 반드시 오른손을 쓴다. 예를 들어 식사할 때, 상대방에게 무언가를 건네거나 악수를 할 때에는 반드시 오른손을 사용하고, 용변 후 세척할 때나 쓰레기 등을 만질 때는 왼손을 쓴다. '용변 후 세척'이라는 말이 이상하려나? 다름이 아니고 인도네시아의 화장실에는 대부분 휴지가 없기 때문에 용변 후에는 손을 사용해서 뒤를 씻는데, 휴지 대신 놓여 있는 바가지와 물을 이용해서 손을 씻는다. 물론 깨끗한 것을 만져야 하는 오른손으로는 바가지에 물을 떠서 뿌리고, 지저분한 것을 만져야 하는 왼손으로 뒤를 씻는다. 말하자면 셀프 비데랄까?

이 모습이 화장실 문화가 다른 우리나라 사람에게는 더럽다고 생각될 수도 있지만, 이 때문인지는 몰라도 인도네시아 사람은 치질이 아주 드물다고 한다. 물론 확인할 수는 없었다.

아무튼 인도네시아에 가기 전에 손에 대한 교육을 단단히 하고 갔음에도 습관적으로 소소한 실수를 하기도 했다. 물론 인도네시아 사람의 눈에 비치면 대대적인 일이겠지만 말이다. 그래도 실수를 줄여 나가기 위해서 나는 인도네시아 사람들의 손 씀을 유심히 보는 버릇이 생겼다. 특히 밥을 먹을 때 사람의 손끝을 주시하곤 하는데 인도네시아 사람은 손으로 밥과 반찬을 잘도 먹는다는 것이다.

조물조물 음식을 버무려 엄지손가락으로 입안에 쏙 밀어 넣는다. 숟가락과 포크를 사용하기도 하지만, 아직도 많은 인도네시아 사람은 오른손으로 음식을 먹는다.

그래서 인도네시아에 도착한 지 3일 째 되는 날, 이곳 생활을 제대로 한번 해보리라 마음먹었던 차에 숟가락을 사용하지 않고 인도네시아 사람처럼 손으로 밥을 먹기로 했다. 입누와 또 다른 공무원 아망과 함께였다. 셋이 식당을 들어가니 처음엔 아무도 없는 것처럼 보였는데 여기저기서 한 명씩 부스스한 모습으로 일어난다. "어서 오세요" 같은 인사말은 안 들리고 "지금 꼭 밥을 먹어야겠니?" 하는 모습이다.

'생선구이정식'을 먹었는데 생선을 바깥에서 석쇠에 굽는 모습이 종로5가 생선구이 뒷골목이랑 비슷했다. 여기는 생선이 크기 때문에 원하면 반 마리씩 팔기도 한다. 다른 반찬은 없고 생선과 밥만 나온다. 국을 먹고 싶으면 따로 시켜야 하고 심지어 물도 따로 주문하고 계산해야 한다. 그런데 '바나나'는 테이블마다 한 접시씩 놓여 있다. 바나나만 공짜다.

드디어 주문한 음식이 나오자 나는 오른손으로 노릇노릇하게 잘 익은 생선살을 집어 입으로 가져갔다. 음, 손으로 먹는 게 생각보다는 괜찮네. 맛도 좋고. 그러나 이건 시작에 불과했다. 밥을 버무리는 것만큼은 역시 쉽지 않다. 익숙하지 않으니 손가락에 잡히는 밥알의 느낌도 좀 생소하고 이상했다.

손끝으로 밥을 버무리는 것도, 한입에 넣기 알맞게 뭉치는 것도, 간신히 뭉쳐서 입안에 넣는 것도 뭐 하나 쉬운 게 없다. 뭉쳐서 입으로 가져가려고 하면 자꾸만 떨어져 고개를 숙이고 먹어도 접시를 들고 먹어도 힘들고 불편한 건 매한가지다. 그러니 이런 나를 곁에서 지켜보던 입누와 아망은 재미있어서 뒤로 넘어간다. 이방인이 애면글면 밥 먹는 모습이 웃겨 죽겠는가 보다.

하지만 손으로 먹는 식사가 왠지 모르게 즐겁다. 우리가 흔히 말하는 '손맛' 같은 게 배어있기 때문일까. 인도네시아 사람이 밥을 먹는 모습을 보면 어머니가 손으로 나물을 무치거나 김치를 찢어 밥 위에 얹

어 주던 따뜻한 손끝을 생각나게 한다. 그러고
보면 인도네시아의 오른손은 '맛'이 있는 것
같다. 물론 맛을 느끼게 된 건 그로부터 한참
더 지난 일이지만 말이다.

　손과 관련해서 또 생각나는 게 있다. 바로 인사다.
인도네시아에서는 인사를 할 때 허리를 굽히지 않고
서로의 오른손으로 악수를 한다. 우리나라에서는
보통 윗사람이 아랫사람에게 먼저 손을 내밀지만
이곳에서는 아이도 쉽게 어른에게 손을 내민다. 그
런데 이곳의 악수는 그저 손을 가볍게 잡았다가 떼는 게 아니다. 손을
가볍게 잡고 나서 상대방의 손에 닿았던 자신의 오른손을 심장이 있는
자신의 왼쪽 가슴에 가볍게 대었다가 뗀다. 누구도 이 행동에 대해 자
세히 설명해 주지 않았지만 상대방을 자신의 가슴에 담는다는 의미일
것이다. 그렇지 않고서야 저런 감사와 존경의 표정이 나올 수가 없다.
얼마나 낭만적이고 사람에 대한 따뜻함이 배어 있는 인사인가. 나는
마음을 담는 인도네시아식 인사에 깊이 매료되었다.

　우리는 정말 많은 사람과 악수를 나눈다. 하지만 그 많은 악수 중에
서 마음과 마음을 나누는 악수는 얼마나 될까? 그래서 난 한국에 돌아
온 다음에도 악수를 하고 난 후에 잊지 않고 꼭 오른손을 왼쪽 가슴에

가만히 대곤 한다. 상대의 진심어린 마음이 내 가슴에 전해질 수 있도록 말이다.

나중에 귀국하여 내가 한국어를 가르쳤던 인도네시아 제자와 악수한 뒤 가슴에 손을 댔더니 "선생님, 인도네시아 사람 다 됐군요" 하고 웃는다.

드디어 찌아찌아족과 만나다!

인도네시아에 온 지 며칠 되지도 않았는데 소라올리오에 가고 싶어서 몸살이 날 지경이다. 마음 같아서는 공항에 도착하자마자 제일 먼저 달려가고 싶었다. 8만여 명의 찌아찌아족이 바로 그곳에 살고 있기 때문이다. 찌아찌아족은 찌아찌아어라는 독자적 언어를 갖고 있지만 문자가 없어 모어母語 교육을 하지 못해 고유어를 잃을 위기에 처해 있었다. 이에 훈민정음학회와 바우바우 시는 2008년 7월 한글 보급에 관한 양해 각서MOU를 체결하였고, 학회가 이들을 위한 교과서를 제작, 보급하면서 한글 교육을 시작하게 되었다.

이들은 말한국어과 문자한글를 함께 사용하는 것이 아니라 그들의 말을 한글문자로 표기하게 되는 것이다. '마엠 빠에 을렐레. 아 알로 아 알로, 이아 노자가니 톰바노 파하.' 이런 식이다.

한국어를 공용어나 제2 외국어로 가르치는 것이 아니라, 문자가 없는 인도네시아 토착어인 찌아찌아어를 표기할 공식 문자로 한글을 도

입한 찌아찌아족. 소라올리오에 가까워질수록 마음이 더 조급해져서 나도 모르게 운전을 하는 싸클란을 괴롭히고 만다.

"싸클란, 아직 멀었어요?"

"거의 다 왔어요."

"아까도 그렇게 말했잖아요."

바우바우 시 중심에서 16킬로미터 정도 떨어져 있고, 출발한 지 얼마 되지도 않았는데 어린아이처럼 보채는 내가 재밌는지 싸클란은 입을 가리고 킥킥거리며 웃는다. 바우바우 시내에서 찌아찌아족이 사는 소라올리오로 가는 길은 몇 해 전 도로포장을 해서 비교적 길이 좋았는데 길섶에는 논이 있고 논 주위에는 야자나무가 여럿 서 있다. 논과 논 사이에는 찌아찌아 전통 가옥이 길을 따라 듬성듬성 있다. 콘크리트 건물이 많은 시내와 달리 이곳에서는 아직도 티크와 대나무, 야자나무 잎 등으로 지은 전

한글로 표기된 이정표.

통 가옥이 눈에 많이 띄었다.

"싸클란, 이미 한참 된 것 같은데 정말 아직도 멀었어요?"

"정 선생도 참 못 말리겠어요. 다 왔어요. 저기 좀 봐요."

싸클란이 가리키는 곳을 향해 고개를 돌렸을 때 학교 들어가는 입구에 한글 표지판이 보였다. 인도네시아어와 한글을 병기해 놓았는데 '잘란 떵까하 을리부'라고 씌어 있다. '떵까하 을리부 거리'란 뜻이다. 나무로 된 한글 푯말이 하나 서 있을 뿐인데 부톤 섬의 다른 지역보다 더 정이 가고 나와 가까워진 느낌이 들었다.

학교는 바우바우 시내에 있는 학교보다 시설이 낙후되고 규모도 조금 작았지만 소라올리오의 모든 게 그냥 다 좋다. 왜? 한글이 쓰여 있으니까.

학교는 길 왼편에 위치해 있다. 노란색과 녹색을 칠한 시멘트 기둥 이 사이에 어른 가슴 정도 되는 철창 문이 닫혀 있고 옆에 한 사람 정도 들어 갈 수 있는 문이 열려 있다. 학교는 'ㄷ'자 모양으로 정면에는 교무실과 교실이 있는 건물이다. 교무실 처마 밑에는 플래카드가 걸려 있는데 눈에 익은 한글로 이렇게 쓰여 있다.

"시작한 새로운 찌아찌아어 수업 한글을 사용하다."

제대로 된 문장이라고 볼 수는 없으나 보면 볼수록 "새롭게 시작한 찌아찌아어 한글 수업"이라고 쓰인 것보다 생동감도 있고 귀여워 보인다.

나중에 한국에서 온 기자나 대학생이 플래카드에 적힌 문장을 보고 "제대로 문장을 고쳐서 걸어 놓으시지요" 하고 나에게 말할 때마다 나는, "저대로도 뜻이 통하니 괜찮지 않나요? 처음 초등학생이 글을 배울 때 완벽한 것보다 조금 틀린 것이 자연스러워 보이고 말이죠. 더구나 저렇게 쓰인 글은 세월이 지나면 하나의 기념물이 될 겁니다. 이곳에서 한글 교육이 계속 되다 보면 언젠가 이들도 알게 될 텐데 그때 이들이 자연스럽게 고치게 하는 것이 좋을 듯합니다"라고 말하면 대부분 내 말에 동의해 주었다.

내가 한글을 가르치게 될 까르야바루 초등학교에 들어가니 운동장에서 뛰어놀던 아이들이 힐끔 쳐다보더니 다 도망갔다. 마치 갯벌에서 게가 구멍으로 쏙쏙 모습을 감추듯. 아이들과 악수도 하고 얘기도 건네려고 했는데 말이다.

약 50평 정도 되는 좁은 운동장 왼편에 '깐또르 세꼴라 *끄빨라*'라고 쓰여 있는 사무실이 보인다. '깐또르'는 사무실이고 '세꼴라'는 학교,

언젠가 이 학교의 명물이 될 틀린 문장이 써 있는 플래카드.

'끄빨라'는 우두머리라는 뜻이니 '학교 우두머리 사무실' 즉 교장실이다. 내가 방문한다는 기별을 받았는지 사무실에서 막 나오는 사람이 보인다. 주미아니 교장 선생님이다. 작년에 서울에서 만나 이미 구면인 터라 나를 반갑게 맞아 주었다. 주미아니 교장 선생님은 교사 현황판을 보니 나와 동갑이고, 여선생이다. 뭔가 일이 잘 풀릴 것 같은 느낌이 들었다. 주미아니 교장은 방명록을 꺼내 왔다.

금년 1, 2월에 찾은 우리나라 방문객의 서명이 간혹 눈에 띈다. 찌아찌아족에 대한 우리나라의 관심을 확인하니 왜 내가 감사하고 기쁜 걸까?

돌아오는 길에 싸끌란은, 부톤 섬은 물론 인도네시아 전체에서도 고등학교에서 한국어를 배우고 있는 곳은 아직 없다고 한다. 그리고 다음주3월 22일~27일에는 인도네시아 전국 고교 일제 고사라 수업이 없지만 아미룰 타밈 시장의 지시로 한국어를 배우는 해당 학급만 시험을 미루고 예외적으로 수업을 하기로 했다고 한다. 한국어 수업을 시작하는 첫 주이기 때문이었다. 고맙고 감격스러웠지만 책임감으로 어깨가 무거워진다. 한편으론 시장에게 그런 권한이 있나 의아한 마음도 들었지만 이곳에서는 술탄과도 같은 지위를 누리고 있는 시장이니 할 수 있을 법한 일이라 여겨졌다.

숙소에 도착하니 싸끌란이 자신은 무슬림이어서 금요일인 오늘은 나와 같이 식사를 하지 못하고 종교 행사에 참석해야 한다며 양해를 구한다. 남자는 금요일 점심에는 매스짓이슬람 사원에 모여서 예배를 드리고 여자는 집에서 예배를 드린다고 한다. 그래서 금요일에는 관공서나 학교가 오전에 일찍 끝나고 토요일에는 오히려 오후에 끝난다는 설명도 친절히 덧붙인다.

오후 5시쯤에 저녁도 먹을 겸 시내 구경도 할 겸 가방을 메고 숙소를 나섰다. 호텔은 '삿빰sat pam'이 경계 근무를 서며 외부인을 통제하는데 인도네시아의 사설 보안 인력이다.

'일함'이라는 이름의 삿빰은 내가 바리케이드 밖으로 나가려고 하니 "어디 가시나요?" 하며 정중하게 물어 온다. 저녁 식사 때문에 나간다고 하니 차를 타라고 한다. 혼자 나가고 싶지만 처음이라 싫다고 거절할 수가 없어 같이 나가 식사도 하고 바닷가 구경도 했다. 물론 팁으로 1만 루피아를 주고…….

삿빰은 내부에 상주하고 있는 고객을 보호하고 편의도 봐주면서 부수입을 올리기 때문이다. 내일은 꼭 혼자 나가봐야겠다고 생각했다.

사실 호텔에서 종업원의 수고를 빌릴 때 약간의 팁을 주는 것은 상례화되어 있고 당연한 일인데 일이 지나치게 분업화되어 있어 난감한 경우도 많다. 식사, 객실 청소, 세탁, 운전 등 담당 종업원이 다 다른 사람이다 보니…….

어떡하랴. 나는 하루 숙박비가 35만 루피아인 바우바우 최고의 호텔을 사용하는 손님인데. 물론 며칠간 시장으로부터 선물 받은 것이긴 하지만 말이다.

마음이
머무는 방

집은 마음이 머무는 곳이라고 한다. 아마 가족이라는 이름의 사람이 속해 있는 곳이며, 우리의 소중한 기억과 역사가 담기는 곳이기 때문에 그럴 것이다. 그러나 인도네시아에 혼자 머물고 있는 나는 집이 아니라 작은 방 한 칸이면 충분하다.

까말리 해변 부근으로 발걸음을 옮기며 마음을 편히 누일 수 있는 깨끗하고 아담한 방이 있었으면 좋겠다고 생각했다. 지금 머물고 있는 숙소 '발라띠가'는 바다가 한눈에 보여 전망은 매우 좋지만 너무 외진 곳에 자리 잡고 있어서 불편함이 많다. 편의시설을 접하기도 어렵고 무엇보다 교통이 좋지 않은 이곳에서 학교가 너무 멀다는 게 가장 큰 문제다.

물론 일일이 찾아다녀야 한다는 수고로움이 있지만 이만 한 고생쯤이야 1년 묵을 방을 구하고 나면 흔적도 없이 사라질 터. 의기양양하게 나섰다.

그런데 이게 웬일인가. 까말리 해변 부근의 호텔 두 군데를 돌아보고 발걸음을 돌려야만 했다. 마음에 쏙 드는 방을 마련하는 게 쉽진 않을 거라고 예상했지만 이건 해도 해도 정말 너무한다. 해변이 가깝고 시내에 있다는 이유 하나만으로 정말 무지막지하게 비쌌기 때문이다. 주머니 사정도 있거니와 무엇보다 비위생적이고 소음이 심해서 별수 없이 포기하고 돌아설 수밖에 없었다.

호텔이라고는 해도 우리나라의 호텔을 상상하면 오산이다. 말이 호텔이지 허름한 여인숙 같은 느낌이랄까. 물론 그 느낌은 지금 머물고 있는 발라띠가의 아디오스 호텔 역시 크게 벗어나지는 않는다. 그래도 거긴 처음 머물렀던 곳이라 그런지 까말 해변의 호텔을 보고 난 직후였기 때문인지 여하튼 빈손으로 터덜터덜 걸어오던 내 눈에 비친 '아디오스 호텔'은 더없이 훌륭해 보였다. 이런, 방을 구하러 나가서야 머물고 있는 곳이 가장 좋다는 깨달음을 얻다니.

결국, 아미룰 타밈 시장이 제공해 준 방의 절반 정도 되는 방으로 옮기기로 결정했다. 전망, 조명, 에어컨, 청결, 서비스, 프라이버시 확보 등이 모든 면에서 부족하지만 어쩌랴. 먼젓번 방보다 절반 정도의 가격. 그러므로 '만족'이다.

아디오스 호텔은 비탈진 산 중턱에 지었기 때문에 객실이 계단식이다. 내가 잠시 머물렀던 맨 위에 있던 방은 사방이 트여 있어 까말리 해변이 한눈에 들어오는 전망이 좋은 방이었다. 게다가 방 앞에는 탁자와 의자가 놓여 있는 널찍한 베란다가 있어 아침저녁으로 여러모로 쓸

모도 많고 그곳에서 손님을 만날 수도 있다. 방에서 나와 계단으로 내려가면 객실의 가격도 함께 내려간다. 무엇보다 가격이 저렴해질수록 화장실이 점점 인도네시아다워진다. 비싼 객실은 반자동 비데가 설치되어 있는 반면 가격이 싼 객실일수록 왼손을 기어코 부정한 손으로 만들어 버린다.

또 밑에 위치한 방은 비스듬한 산비탈에 지었기 때문에 문을 열고 들어가면 마치 절벽에 파여 있는 굴 속에 들어가는 느낌이다. 나바론 요새처럼, 톰소여가 '인디언 조'에게 쫓기던 그 동굴처럼……. 또 비탈이다 보니 조그만 방이 있고 계단을 3개 올라가면 화장실 겸 샤워실이 있고 옷장도 제단 같은 곳에 올라 있는 형국이다. 그러니까 가격이 떨어질수록 이곳의 문화를 더 적극적으로 체감할 수 있다는 장점은 있다.

에어컨은 더 작고, 그나마 많이 사용해서 이제는 쉬게 하고 싶은데 냉방은 시원치 않아서 조금만 움직여도 땀이 난다. "너 정말 에어컨 맞니?" 하고 따지고 싶을 정도다. 전구도 2개에서 1개로 줄어서 대낮인데도 방에 들어가면 컴컴하다. 텔레비전 화면도 무수한 흑점이 보이는 것이 검버섯 핀 얼굴 같다. 냉장고도 한국에서는 이제 찾기 힘든 아주 작은 냉장고인데 그나마 정전이 잦아 안에는 물이 흥건하게 고여 있다. 아, 내가 정말 며칠간 호사를 누렸구나.

그래도 방을 정하고 한 달치 방값도 치르고 나니 홀가분하다. 매일 지불해도 되지만 번거롭기도 하거니와 돈을 간수하기도 귀찮고 해서 신경 쓰였는데 선불로 주고 나니 마음이 편안해졌다. 덕분에 앞으로는

숙소 창문으로 보이는 풍경, 몸도 마음도 시원해지는 듯했다.

호텔 주방

아침, 점심, 저녁을 숙소에서 다 제공하기로 했다. 물론 매번 끼니를 호텔에서 해결할 순 없겠지만 점심과 저녁을 어떻게 해결해야 하나 하는 걱정은 해결되었다. 또 사무실에서 가끔 인터넷을 사용해도 좋다는 허락도 받았다. 이제는 노트북을 들고 먼 시청으로 원정을 가지 않아도 되게 생겼다. 역시 먼저 손을 내미는 게 최고다. 몇 가지 고민이 해결되었을 뿐인데도 마음이 훨씬 가벼워진다. 에어컨이니 조명이니 그런 거는 금세 잊어버렸다.

점심에는 이곳에 와서 처음으로 라면을 먹었다. 식당에 가져다주었더니 우피 골드버그를 닮은 식당 아주머니 '네스'가 제법 잘 끓여 주었다. 김치도 없이 먹는 라면이었지만 엄마를 만난 것처럼 그 맛이 반갑다. 물론 이사하는 날에는 짜장면이 제격이지만 부톤 섬에서 먹는 라면이라니 이보다 훌륭할 수 있겠는가.

부톤 섬의
특별한 오후 4시

4시, 나는 부톤 섬의 오후를 걷는다. 하루도 거르지 않고 무조건 걷는다. 주로 숙소에서 서쪽으로 4, 5킬로미터 떨어진 까말리 해변이나 이누그라하 시장까지 걷곤 하는데 이 단순한 움직임이 이렇게 좋아질 줄 몰랐다.

처음에는 그냥 좀 몸을 움직이고 싶었다. 그래야 허기도 지고, 낯선 향내에 신경 쓸 겨를 없이 맛있게 식사할 수 있으니까. 다소 무식하고 과격한 방법이라고 생각하긴 했지만 효과가 좋아서 앞으로 꾸준히 해야 되겠다고 생각했을 뿐이다.

그런데 걷다 보니 소란스럽던 마음이 차분해지고 가지런해지는 게 주위의 풍경이 슬슬 눈에 들어오기 시작한다. 조그만 구멍가게, 나무와 숲, 가끔 만나는 스콜열대 소나기, 따가운 햇볕, 짭조름한 바닷내음, 하굣길 아이들, 물고기나 문어를 잡아 오는 아이들……. 4시, 인도네시아의 오후는 그렇게 아름다울 수가 없다.

1년간 이 길을 참 많이도 걸었다.

해변을 배경 삼아 트래킹하는 것도 일품이다.

내가 머물고 있는 곳은 한적한 곳이어서 우리나라의 시골을 연상시키는데, 여러 가지 불편한 점도 있지만 그에 못지않게 좋은 점이 참으로 많다. 우선 씀씀이가 적어지고 여러 가지 번잡한 세상 일과 적당한 거리를 두고 살 수 있어서 좋다.

우리나라에 있었다면 가족·직장·친구 관계 때문에 참석해야 할 일, 연락해야 할 일도 많겠지만 이곳에서는 혼자 건강하고 즐겁게 학교 일을 해 나가면 내 임무는 끝이다.

그 대신 자연과 충분히 가까워질 수 있어서 좋고, 순박하고 검소한 삶의 태도와 마음 바탕을 지닐 수 있어서 좋다. 물론 처음에는 이와 같은 마음가짐이 쉽지만은 않았다. 방해꾼이 있었기 때문이다. 바로 '오젝'이다. 길을 나서자마자 제대로 걸을 수 없을 정도로 "오젝?", "오젝?" 하고 오토바이가 옆에 서며 묻는다. 심지어 한 100미터 떨어진 곳에서 부르기도 하는데 일정한 동작이 있다. 학교에서 어린이들이 "저요" 하는 것처럼 오른팔을 올리고 검지 손가락을 펴고 "오젝" 하고 외치는 것이다. 옆에 와서 경적을 울리거나 혹은 헬멧을 내밀고 '오젝' 하며 일종의 호객 행위를 한다. 이를테면 영업용 오토바이인데 헬멧을 받아들면 타겠다는 의사표시다. 가격은 저렴한 편인데 밥벌이가 될까 걱정스러울 정도로 거리는 오토바이로 물결을 이룬다.

어쨌든 우연히 거절하는 방법을 알았는데 물론 "노" 해도 되겠지만 좀 완곡한 표현으로 "잘란잘란" 하면 된다. '잘란'은 길이란 뜻이고 '잘란잘란' 하면 산책이란 뜻이 된다. "잘란잘란"이라고 말하면 "걷고 있어요", "걸을 거예요" 뭐 그런 의미가 된다.

나는 오젝이 다가오면 "잘란잘란"이라고 말하는데 그때마다 '잘란잘란' 이라는 말이 잰 걸음으로 걸어가는 어린아이의 발소리 같아서 참 잘 어울린다는 생각이 들곤 했다. 걷기를 방해하는 오젝을 물리치는 방법을 알고 나자 부톤 섬의 오후 4시의 풍경은 더욱 특별해졌다.

내가 오후 4시를 고집하게 된 것은 이곳 날씨 때문이다. 적도에 걸쳐 있어서 1년 내내 더운 여름뿐인 섬나라 인도네시아는 아침 6시면 해가 번쩍 떠서 저녁 6시면 해가 똑 떨어지는데 보통 아침 5시경이면 서서히 먼동이 터 온다. 이때부터 해 뜨기 전 한 시간 정도만 덥지 않고 그 외의 시간은 모두 덥다. 아니, 뜨겁다. 태양이 아주 강렬한 열기로 대지를 달구기 때문이다.

그러다 보니 학교든 직장이든 대부분 오전 8시 경에 시작한다. 이때가 가장 활발하고 활동적인 시간이다. 물론 여기까지만 보면 인도네시아 사람이 대단히 부지런한 것처럼 보이겠지만 점심 무렵이면 얘기가 달라진다.

가정에서는 대부분 낮잠을 자는데 낮잠을 자지 않더라도 활동량이 현저히 떨어진다. 관공서나 가게에서도 엎드려 있는 사람이 눈에 많이 띄고 보통 학교나 관공서 은행도 2시쯤이면 모두 끝난다. 어차피 이 시간에는 움직이는 사람도 없으니 개점휴업 상태나 마찬가지인 것이다. 또 12시부터 4시까지는 햇빛이 강렬하기 때문에 대부분 사람이 야외 활동을 거의 하지 않는다. 이때는 사람의 움직임도 거의 없고 있다 해도 느릿느릿 최소한으로 움직인다. 마을도 갑자기 조용해진다. 마치 시간이 멈춘 것 같다. 그러다 오후 4시가 지나면서부터 서서히 움직임이 많아진다.

저녁 6시까지는 저녁 준비를 위해 시장을 찾는 주부로 시장도 북적거리고, 동네 공터는 배드민턴을 치거나 공놀이하는 아이들 소리로 한바탕 시끌벅적하다. 그러다 6시가 넘어가면 바로 컴컴해지는데 해변 유원지를 중심으로 다운타운 일부를 빼고는 급격하게 한적해진다. 그나마 더위를 피해서 야외를 찾은 가족과 연인이 간혹 눈에 띌 뿐이다.

전력 사정도 좋지 않거니와 대부분이 무슬림인 이곳 사람은 술을 마시지 않기 때문에 우리나라와는 달리 밤 8, 9시가 되면 정적에 잠긴다. 이래저래 밤 문화는 거의 없는 편이다. 그러다 보니 나의 하루도 오전은 길고 오후는 대체로 짧은 이곳 생활에 맞춰져 가고 있다. 그리고 여전히 4시가 되면 부톤 섬의 특별한 오후를 만끽한다. 기세가 한풀 꺾인 태양을 등지고 바다를 끼고 열린 길을 따라 '잘란잘란'을 하기 때문이다. 숙소에서 동쪽으로 완띠로 폭포, 와루루마 바닷가, 붕이 마을이 약 8킬로미터 정도 이어진다. 나는 이 길을 '부톤 올레길' 제1코스로 명명했다.

씨앗을 준비하는 농부의 지혜

ㅂ　ㅗ　ㅁ　,　ㅎ

ㄱ　ㄹ　ㅆ　ㅣ

ㅇ　ㄹ　ㅃ　ㅜ

Identity of Us ....

2

봄,
한글
씨앗을
뿌리다

한글 씨앗, 텃밭을 만나다

"똑똑." 오늘은 첫 수업이 있는 날이다. 교통편이 불편하기 때문에 나를 학교까지 데려다주기로 한 아망이 약속한 대로 8시에 와서 문을 두드렸다. 약속하면 보통 30분 정도는 늦는데 8시에 맞춰 온 걸 보면 다행히 학교에는 늦지 않게 가야 한다는 것을 아는 모양이다.

교문을 지나 운동장을 가로질러 교무실 앞에 가니 교장 선생님이 반갑게 맞아 주신다. 그것도 영어 선생님을 대동하시고서 말이다.

"필요한 게 있으면 무엇이든 말해요."

물론 영어 선생님을 통해서 물어보신 거다. 나는 수업에 필요한 몇 가지 물품을 요청하고 교실로 들어갔다. 그런데 수업이 끝날 때까지 '필요한 몇 가지 물품'은 끝내 오지 않았다. 잊었을까? 아니면 준비한 물건이 없었을까? 그 뒤로도 교장 선생님의 지시가 있었는지 영어 선생님은 나를 그림자처럼 따라다니면서 질문 공세를 해 왔다. 더 필요한 건 없는지, 불편한 건 없는지, 현재 어느 동네 사는지, 가족 관계, 전화번호까지 개인적이고 시시콜콜한 것까지 다 물어 온다.

최대한 성심껏 대답해 주려고 하는데 가끔 말문이 막힌다. 그때마다 속으로 다짐한다.

'으이그. 오늘 숙소로 돌아가면 영어 공부 좀 해야지.'

교실에 들어섰을 때 처음 느끼는 것은 교실이 매우 어둡다는 것이다. 그래서 처음에는 교실의 모든 것이 한눈에 들어오지 않다가 시간이 지나가면서 서서히 사물들이 뚜렷해진다. 마치 영화관에 처음 들어갔을 때처럼······.

그러니까 이곳 창문은 햇빛을 비춰 주기보다는 뜨거운 열을 막아 주고 통풍이 잘되도록 해 주는 역할을 한다. 학생들의 피부도 검은데 교실이 컴컴하기까지 하니 처음엔 반짝거리는 큰 눈동자와 웃을 때 유난히 희게 보이는 치아만 눈에 띈다.

그리고 교실 바닥과 벽은 타일로 되어 있는데 학생 대부분은 맨발이다. 타일이 열전도율이 낮으므로, 맨발이라야 타일의 서늘함이 체온을 다소나마 낮춰 주기 때문에 그렇다고 짐작해 본다. 화이트보드도 군데군데 깨져 있는데 "내가 한 거 아니야"라고 발뺌하듯 말하면 아이들이 "와~" 하며 웃는다. 늘 분위기를 좀 띄워 주고 시작해야 수업이 막힘없이 수월하게 진행된다.

준비된 교과서는 국내 모 대학 출판사에서 나온 것인데 없는 학생도 많다. 우선 학생들의 실력을 알아보기 위해 알고 있는 한국어를 모두 말해 보라고 했더니 아이들이 손을 번쩍번쩍 든다.

"안녕하세요."

"고맙습니다."

아이들은 이쪽저쪽에서 동시에 알고 있는 한국어를 목청껏 쏟아 낸다. 그러나 딱 거기까지다. 인사말 이상의 한국어는 아직 기대하기 힘들다. 듣기, 말하기, 읽기, 쓰기의 수준이 처음 배우는 거나 마찬가지다. 첫 수업인데 어때. 뭐 이 정도 말할 줄 아는 것도 대단하지. 이것도 한국에 대한 관심, 이른바 '한류'의 영향 때문인 듯싶지만 말이다.

배운 학생도 있겠지만 자·모의 명칭과 음가, 받침 없는 한 글자, 두 글자 단어, 받침 있는 한두 글자 단어, 그리고 인사 나누기, 고맙습니다·미안합니다 등 기본 문장 순으로 가르치기로 했다.

당분간은 '어줍잖다'와 '쭈꾸미'는 틀리고, '어쭙잖다'와 '주꾸미'가 맞는 표현이라고 설명할 야심찬 생각은 접고 기초와 기본에 충실하기로 했다.

주입식도 분명히 중요한 교육 방법이지만 가장 중점을 둔 것은 '학생들이 얼마나 재미있게 공부하는가'이므로 간단한 테스트도 하고 일일이 교정도 해 주고 짝 활동을 통해 학습 능률을 높이는 등, 다양한 방법을 사용하려고 했다. 특히 평음, 격음, 경음을 설명하기 위해서 불, 풀, 뿔과 같은 단어를 얇은 종이를 입에 대고 발음하게 하니 아이들이 박장대소한다. 효과 만점이다.

이런 방법에 시간을 많이 할애하는 것은 이를 통해 얼마나 많이 배우는가보다 학습이 즐거운 시간이 되기를 바라는 마음에서다. 재미있

우리에겐 구별이 쉬운 '불' '풀' '뿔' 같은 발음을 이곳 학생들은 어려워한다.
얇은 종이를 입에 대고 발음하게 하니 이해도 빠르고 매우 즐거워했다.

실제 상황에서 쓰이는 인사말은 두 명씩 짝을 지어 되도록이면 앞에 나와
직접 할 수 있도록 했다. 수줍어하면서도 모두 즐거운 표정이었다.

는 학습이 결국 능률이 오른다. 2시간 수업이지만 초급 한국어이기 때문에 목을 많이 사용해 힘도 들고 목도 많이 마른다.

그럴 때는 '깐띤'이라는 학교 매점에 가서 아쿠아생수를 사서 마시는데 역시 우리나라나 이곳이나 매점은 학생들 천국이다. 특히 여학생이 압도적으로 많은데 주로 '나시꾸닝'이라는, 기름종이에 싼 간편한 음식을 먹는다.

학교는 아침 8시에 수업을 시작하고 1시면 끝나는데 점심시간이 따로 없기 때문에 아침 겸 점심을 쉬는 시간에 해결하는 것이다. 나시꾸닝은 볶은 밥과 반찬이 한군데 싸여 있고 밥도 꼬들꼬들하기 때문에 짧은 시간 안에 먹기 제격이다.

"너희들, 그러면서 아무것도 안 먹는데 살찐다고 투덜거리지나 말아라."

다른 선생님들은 목이 마르지 않는지 "깐띤"엔 늘 나밖에 없다.

둘째 시간에는 "안녕하세요" "미안합니다" "고맙습니다" 등을 말할 때의 상황과 억양, 그리고 그런 말을 들었을 때 응답하는 것을 실제 상황처럼 학습하기 위해 짧은 문장이지만 교단에 나와서 하되 모두 참여할 수 있도록 진행했다. 그래야 적절한 긴장감과 흥미가 생기기 때문이다.

아이들은 어색해하면서도 즐겁게 행동까지 보태서 열심히 수업에 참여했다. 그리고 마침내 수업이 끝날 때쯤 한 학생이 질문이 있다며 두 손을 번쩍 들었다. 어떤 질문일까. 한국어 교사로서 첫 수업을 마친 나는 내심 기대감을 가지고 고개를 끄덕인다.

"네, 물어보세요."

"선생님, 저……, 선생님 성함을 물어봐도 될까요?"

아차, 초보 교사의 대실수다. 자기소개도 안 하다니. 큰 소리로 이름을 밝히고 칠판에 대문짝만 하게 써 준다.

찰칵, 사진 찍히기 좋아하는 사람들

이곳 인도네시아에도 핸드폰은 꽤 많이 보급되어 있다. 어린 학생이나 나이 드신 분을 제외하면 사람들이 언제 어디서든 핸드폰을 사용하는 광경을 심심치 않게 볼 수 있다. 국민소득이나 생활수준에 비해 핸드폰을 사용하는 사람이 의외로 많아 솔직히 좀 놀라기는 했다. 학교에서도 아이들이 핸드폰을 가지고 있는 모습을 종종 보게 되는데 '요금이 만만치 않을 텐데' 하는 걱정이 들기도 한다. 그리고 보면 핸드폰에 무슨 마력이 있나 싶기도 하다. 물론 학생을 걱정하기에 앞서 나 역시 할 말이 없다. 나도 푹 빠져 있으니까.

오늘은 수업을 끝내고 숙소로 돌아오는 길에 핸드폰 대리점에 들렀다. 가격은 29만 루피아부터 150만 루피아까지 다양한데, 특이한 점은 전화카드를 넣는 방식이라는 것이다. 일정한 금액의 카드를 핸드폰에 삽입하고 그만큼 통화하는 식인데 우리나라와는 달리 후불제가 아니라 선불제인 셈이다. 나는 제일 싼 29만 루피아짜리 핸드폰과 1만 루피아짜리 카드를 구입했다. 핸드폰을 잘 사용하지는 않더라도 있는 것과 없는 것은 느낌부터 다르다.시간이 갈수록 이것은 판단 착오였다는 게 여실히 증명된다.

그러다 보니 이제 내게는 우리나라에서 가져온 전화번호부용 핸드폰, 공항에서 로밍해서 대여해 온 핸드폰, 이곳에서 구입한 핸드폰 등, 핸드폰만 모두 3대다. 모르는 사람이 보면 아주 대단한 사업이라도 하는 줄 알 것이다. 그래도 핸드폰은 유용하게 쓰인다. 특히 우리나라에서 가끔 인도네시아의 소식을 물어오는데 얼마 전에는 연합뉴스 황철환 기자가 이곳 생활과 한국어 교육 커리큘럼 등에 대한 여러 가지를 문의해 와서 소소한 일상과 한글·한국어 교육에 대한 이야기를 전해 줄 수 있었다.

그리고 김미화 씨가 진행하는 라디오 프로그램과도 핸드폰을 통해 목소리를 나누었는데 나는 이곳의 분위기를 잘 느낄 수 있게 설명하려고 애썼지만 참 수월치가 않았다. 다행히 김미화 씨가 유머러스하게 받아 줘서 통화는 즐거웠다.

물론 통화를 마치면 안타깝다. 늘 느끼지만 정작 얘기하고 싶은 말은 왜 방송이 끝난 뒤에 생각나는 것일까. 인터뷰에 앞서 메모도 해 놓는데 말이다. 저번에도, 또 이번에도.

그런데 신기한 건 핸드폰은 많은 반면 인도네시아에서 카메라를 사용하는 사람은 거의 찾아볼 수가 없다는 것이다. 내가 카메라로 인도네시아의 풍경을 열심히 찍고 다니면 한적했던 거리가 순식간에 사람으로 북적인다. 카메라로 사진을 찍는 내 모습이 신기한지 사람들이

사진 찍히기 좋아하는
인도네시아 사람들.

몰려들어 구경하기 때문이다.

워낙 우르르 몰려오다 보니 처음에는 내가 뭐 찍으면 안 될 거라도 카메라에 담고 있나 싶어서 당황했는데 이제는 익숙해져서 그들에게 사진을 찍겠냐고 웃으며 권하기도 한다. 물론 셔터를 누르기 전 빠짐없이 한마디한다.

"웃으세요. 김치~"

"김~치."

부톤 사람은 같이 사진 찍자고 하면 남녀노소 할 것 없이 좋아한다. 싫다고 거절하는 모습은 거의 본 적이 없다. 뭐, 몇 번인가 거절당한 일도 있었는데 카메라 앞에 서는 게 쑥스럽거나 부끄러움을 많이 타는 경우가 대부분이다.

학교에서도 보통 학생들과 사진을 많이 찍는데 수업 후에 교정에서 사진을 찍고 있으면 다른 반 선생님도, 학교 직원도 같이 찍자고 끼어든다. 언젠가 한번은 아이들과 사진을 찍고 있는데 동네 어르신 한 분이 약간 굳은 표정으로 서 있었다. 나는 이곳에서 화내거나 엄격한 얼굴을 거의 본 일이 없으므로 어르신께 다가가서 여쭈었다.

"어르신! 혹시, 무슨 일이라도……."

걱정스러운 마음에 조심스럽게 여쭤 봤더니 왜 아이들하고만 찍고 자기하고는 사진을 찍지 않느냐는 거다. 아, 그것 때문에 언짢으셨던 거구나. 뭐 그런 거야 해결하기가 쉽지.

"어르신, 사진 찍어 드릴게요."

웃으며 사진 촬영에 응해 준 꼬마 어부들.

내가 웃으면서 카메라를 들자 얼른 포즈를 잡아 주신다. 그런데 사진을 현상해서 돌려받을 수 있는 것도 아닌데 왜 이렇게 사진 찍히는 것을 좋아하는 걸까. 아무리 카메라가 흔하지 않다고 해도 어디를 가나 이렇게 열광적인 반응이니, 가끔 의문이 들기도 한다. 그런데 이유가 뭐면 어떠랴. 원하는 만큼 찍어 드리면 나도 좋으니까. 우리나라 사람은 보통 사진을 찍고 나서는 이건 잘 나왔네, 이건 이상하게 나왔네 말이 많은데, 여기에선 그런 걱정도 없고 현상해서 일일이 찾아 줘야 하는 번거로움이 있는 것도 아니니 나야 부담 없다. 원하면 원하는 대로 그냥 막 찍어 준다.

숙소에 돌아와서 사진을 보니, 인도네시아의 풍경이 참 아름답다. 어떤 모습을 찍어도 작품이 되는 거 같다. 이러니 카메라가 흔치 않아도 사진 찍히는 걸 참 좋아하는 모양이다. 내일부터는 더 많이 사진을 찍어줘야겠다. 그런데 잠깐, 그 많은 핸드폰에 카메라 기능이 없던가?

인도네시아의
한류 스타

제2 고등학교는 '베똠바리'란 곳에 위치해 있다. 시내에서 가자면 제1 고등학교보다 좀 멀고 학교 시설도 좀 미흡하다. 학교에 도착하고 보니 이곳도 역시 시험 중이었다. 인도네시아 전역이 시험 기간이니까. 그래도 시험 기간 중에 한국어 수업을 할 수 있다는 게 얼마나 특별한 일인가. 교장 선생님과 교장실에서 잠깐 얘기를 나눈 후에 내가 수업할 반으로 안내되었다. 학생이 24명. 남학생은 고작 3명뿐이다.

교탁과 바닥은 흰 타일로 되어 있는데 마치 굴뚝이 높던 예전 우리 동네 공중목욕탕 같다. 깨진 곳도 많아서 관리가 제대로 안 되어 있는 것으로 보인다. 손을 씻으라고 만든 것 같은 세면대도 몇 군데 있는데 수도꼭지가 없는 파이프는 녹이 슬었고 세면대 안에는 흙과 쓰레기가 보인다. 한국어 수업에 앞서 교실 환경 미화부터 하고 싶은 건 왜일까. 난 그렇게 깔끔 떠는 사람도 아닌데.

본격적인 수업에 앞서 아이들에게 교재를 물어보니 교재는 없고 한국어 수업도 처음이란다. 교재가 없으니 참으로 난감하다. 교재라도 변변히 있어야 아이들이 한국어 공부를 제대로 할 수 있을 텐데.

이제 시작이니 가장 기본이 되는 자모와 인사말을 가르쳤다. 자모는 한글을 배우기 위해서는 반드시 정확하게 익혀야 한다. 그러나 자모의 정확성에 너무 강조를 하다 보면 수업이 지루하고 딱딱할 수 있기 때문에 진행하면서 자주 틀리는 것 위주로 가르치기로 했다.

한국어 수업도 중요하지만 나는 모두가 같이 즐겁고 재미있게 수업을 하려고 애썼다. 한국에 있을 때 외국인에게 한글을 가르치면서 느낀 거지만 재미가 없으면 수업을 지속할 수 없고, 발전이 없다는 사실을 알기 때문이다. 첫 수업이고 첫 대면이기 때문에 아이들의 이름을

한류 연예인 이름으로 만든 명패.

먼저 익히기 위해 일부로 이름을 불러 가며 수업을 했다. 그런데 이름이 너무 길고 어려웠다. 그래서 빨리 외우기 위해 A4 용지를 접어 명패를 만들고 명패에 이름을 적어 주었다. 물론 학생들이 불러 주는 대로.

그런데 아이들은 자신의 이름을 적은 다음 옆에는 한국 연예인의 이름을 같이 적어 주기를 원했다. 사삐이는 '김붐'이라고 써 달라고 했다. 어떤 학생은 '비'라고 써 달라고 했고, 또 다른 학생은 '이민호'라고 써 달란다. 여학생은 '금잔디'를 써 달라고도 했다.

한국인 교사와 인도네시아 아이들을 '한류'가 연결해 줄 줄이야. 자신의 이름 옆에 좋아하는 연예인 이름을 나란히 놓고 보니 처음에는 서먹한 모습을 보이던 학생들까지도 크게 웃고 재미있어한다. 일단 분위기가 좋으면 반은 성공한 셈이다. 웃는 모습이나 몸짓이 우리나라 학생과 다를 바 없다는 생각이 들었다.

숙소에 돌아와 아이들의 얼굴과 이름을 하나씩 연결해 보았다. 그런데 이게 웬일인가. 아무리 기억해 내려고 해도 도무지 인도네시아 이름이 생각나지 않는다. 그저 머릿속에 떠오르는 건 하나씩 지나가는 아이들 얼굴, 꽃보다 아름다운 네 남자의 이름과 금잔디뿐.

부톤 주민들의 발, 오젝과 베짝

완전무장.

긴팔 옷을 입고 모자를 쓰고 선글라스를 끼고 햇빛 들어올 틈을 없애고 길을 나섰다. 여기 와서 얼마 되지 않았을 때였다. '더우면 당연히 반팔이지' 하면서 호기롭게 외출했다가 살을 홀랑 다 태우고 나서야 적도에 위치한 나라 태양의 위력을 실감한 터였다.

그제야 이곳 사람들이 대낮에는 긴팔 옷을 입는 게 눈에 들어온다. 좀 살펴보고 다닐걸. 무작정 덤벼드니 몸이 고생한다. 벌겋게 익은 살 때문에 한참을 고생하고 나서는 긴팔 옷을 꺼내 입었다.

인도네시아 말로 '길'은 '잘란'이다. 그래서 '잘란잘란'이라고 하면 나들이를 말한다. 특별히 다른 운송 수단 없이 걷기만 하는 나들이는 '잘란가끼'라고 하기도 한다. '잘란잘란'은 산책, 나들이 정도인 셈이다.

그렇다면 '잘란잘란'을 하지 않을 때, 인도네시아에서는 무엇을 탈

눈뜨면 마주치는 오젝 기사들, 너무 많아서 성가실 정도지만 막상 필요할 땐 안 보인다.

까? 부톤 섬에서 자전거는 어린아이들만 간혹 탈 뿐, 우리나라처럼 교통수단이나 레저용으로 활성화되어 있지는 않다. 아마도 언덕이 많아서 탈것으로는 효율적이지 않기 때문인 것 같다.

가장 많고, 중요한 교통수단은 앞에서도 말했던 '오젝'이라는 오토바이다. 아직 모든 가정이 차를 구입할 만한 경제력을 갖추지 못한 점도 있겠으나 섬의 중심에서 해안 쪽으로 경사가 있고, 넓지 않은 길이 많아 오토바이가 효율적이고 간편하기 때문일 것이다.

일단 오젝을 타면 가격을 흥정하게 되는데, 거리에 따라 대략 가격이 형성되어 있다. 기본요금은 3000루피아 정도로 우리나라 돈으로 300원 정도다. 그런데 나한테는 8000루피아도 부르고 1만 루피아도 부른다. 외국인이기 때문이다. 그러니 모르고 오젝을 타면 바가지 쓰기 딱 좋다.

나는 거의 매일 2시간 정도 걷는데 그럴 때마다 대여섯 걸음도 못가 "오젝", "오젝" 하면서 불러 세운다. 꼭 파리나 모기가 달려드는 것처럼 집요하게 불러서 제대로 걷지 못할 정도다. 다시 말해서 이곳에서는 어디 있든지 원한다면 어디든 갈 수 있다. 돈만 있다면 말이다. 홍정이 끝나면 오젝 기사는 반사적으로 헬멧을 건네준다. 자기가 사용하는 것처럼 좋은 건 아니고 흡사 '바가지' 같은 거다. 다시 말해서 말로 의사표시를 하지 않더라도 헬멧을 받거나 쓰면 혹은 달라고 하면 오젝을 이용하겠다는 뜻이다.

이곳에서는 오토바이를 타는 사람치고 헬멧을 쓰지 않는 사람을 못봤다. 헬멧을 착용하지 않은 사람을 보려면 길에 한나절을 서 있어야 할지도 모르겠다. 우리나라에서는 가끔 경찰이 헬멧 안 쓴 사람을 적발하는 것을 볼 수 있지만 이곳에서는 그런 모습을 볼 수 없다. 하긴 여기서는 경찰이 교통에 관여하는 모습을 볼 수가 없으니 교통경찰이 없는지도 모르겠다. 아주 바람직한 현상이 아닐 수 없다.

남녀노소, 지위 고하를 막론하고 오토바이를 타면 헬멧을 쓴다. 질밥_{이슬람교도 여성의 머리와 목을 감싸는 스카프} 위에도 헬멧은 꼭 쓴다. 그러면서도 차에서는 안전벨트를 매는 경우는 거의 없다. 이것도 문화의 차이인지. 물론 이렇게까지만 말하면 오젝이 무허가 폭주족 마냥 느껴질 수도 있겠지만, 오젝은 학생들의 등하굣길, 청소년, 가정주부, 직장인 할 것 없이 누구나 이용하는 대중 교통수단이다.

　오토바이의 안전에 대한 선입견, 폭주족, 굉음, 안전하지 않는 여러 요소 때문에 처음에는 꺼렸으나 편리함 때문에 가끔 이용하기도 한다. 실제로 타 보면 보기와 달리 대단히 안정적이다. 일단 과속과 난폭 운전이 없다. 물론 웬만해선 잘 이용하지 않지만 말이다.

　오토바이의 배기량도 대부분 90~125시시 정도로 일정하다. 자연스러운 양보와 순리에 따른 운전을 하므로, 오토바이가 사고 난 것을 보지 못했다. 우리나라 같았으면 자녀가 오토바이를 사거나 타겠다고 하면 대부분은 극구 말리겠지만 여기서는 그러지 않는다. 중학생이나 고등학생쯤 되면 남녀 할 것 없이 오토바이 타는 것을 무척이나 당연하게 여긴다.

　우리나라에선 젊은 사람이 오토바이를 타고선 굉음을 내고 곡예 운전을 하는 경우가 있지만 여기서는 그런 모습을 보기 힘들다. 이들에게 오토바이는 폭주의 수단이 아니라, 생활의 필수품이기 때문이다.

　'베짝'이라는 것도 있다. 나도 '바싸르재래시장'에 가거나 제1고등학교처럼 가까운 곳을 갈 땐 가끔 이용하곤 하는데 인력거의 좌석처럼 만든 앞부분에 자전거의 뒷부분같이 생긴 바퀴를 이어 붙인 모양이다. 처음에 베짝을 봤을 때는 운전사가 뒤에 있다 보니 어떻게 앞을 보고 운전하려나 싶었다. 그런데 사고도 내지 않고 길거리를 잘 돌아다닌다.

　베짝은 주로 노인이나 아기가 있는 엄마, 그리고 여학생이 자주 이용하는데 속도가 느리고 언덕길은 가기 힘들기 때문에 거리를 천천히 구경하거나 비교적 가까운 거리일 때 이용하기 적합하다. 물론 이용하기 전에는 걷는 것과 별반 다르지 않다고 생각했는데 의외로 시원하고 내리막길에서는 제법 속도가 난다.

어른은 한두 명 정도가 적당한데 어린이는 서너 명이 타기도 한다. 게다가 베짝은 무, 배추, 과일 같은 농산물 배달도 한다. 즉 택배 역할도 하는 것이다. 기본요금 3000루피아 정도로 가격은 오젝과 비슷하다.

다음은 '미크롤렛'이다. 이것은 미니버스인데 6~8명이 앉을 수 있는 좌석이 있으나 20여 명이 타기도 한다. 대부분 푸른색이고, 노선이 정해져 있는데 숫자가 그다지 많지는 않아서 폭넓게 이용되지는 않는다. 내가 머물고 있는 발라띠가에도 있으면 자주 타 보련만 그렇지 않아 아직 이용해 보지 못한 유일한 교통수단이다.

물론 '택시'도 있다. 택시는 안전한 이동을 원하는 부유층 등을 대상으로 한다. 그렇다고 해도 차는 많이 낡았고 에어컨도 부채 수준이다. 기본료는 2만 루피아 기준이다.

부톤 섬의 중심인 바우바우에는 약 30대의 영업용 택시가 있는데 눈에 익었다 싶어서 자세히 보니 택시 뒷면에는 흐릿하지만 흰 글씨로 모두 'accent'라고 쓰여 있다. 짐작컨대 이곳의 영업용 택시는 한국의 중고차를 수입해서 사용하는 것 같았다. 하지만 그 외의 자가용과 관용차는 90퍼센트 이상이 일제다. 도요다, 닛산, 마츠다……. 오토바이는 혼다, 스즈키, 가와사키 등 거의 일제다.

대략 각 교통수단이 가진 교통 분담률을 따져 보면 오젝이 50퍼센

부톤 섬의 대표적 교통수단 오젝과 베짝.

트, 자전거 동력을 이용한 인력거 모양의 베짝이 20퍼센트, 미니버스 미크롤렛이 20퍼센트, 택시가 10퍼센트 정도일 것 같다. 그러니 이곳에선 오젝의 숫자가 엄청나게 많다.

수많은 오젝이 길거리를 다니는 모습은 흡사 퍼레이드 행렬 같다. 신호등도 차선도 변변히 없는 곳에서 물 흐르듯 자연스럽게 다니는 것을 보면 신기할 따름이다. 중앙선은 다 지워져 흔적만 간신히 남아 있고, 넘나드는 차는 무수히 많다. 그래도 사고는 나지 않는다. 먼저 온 사람이 먼저 출발하고 비슷하게 들어왔다 싶을 때는 상대가 먼저 가길 기다린다. 이런 약속과 배려로 만드는 질서가 흡사 바닷속에서 떼를 지어 다니는 물고기 모습처럼 아름답다.

인도네시아의 교통은 딱딱한 법규에 따르지 않는다. 서로 간에 정해진 무언의 약속과 양보, 그리고 배려로 질서를 유지한다. 그래서 이곳의 거리는 언제나 자유롭다.

그래도 아직 내겐 이런 교통수단을 이용하는 것조차 쉬운 일은 아니다. 한번은 바닷가 식당에서 빌라까지 택시를 타고 온 일이 있다. 값을 흥정하는데 4만 루피아를 부르는 것이 아닌가. 너무 비싸다고 했더니 '0'을 하나 얼른 지운다. '오케이' 하고 숙소까지 와서 팁 1000루피아까지 더 해서 5000루피아를 주었더니 기사가 더 달란다.

"무슨 소리야! 4000루피아에 1000루피아를 더 얹어서 5000루피아인데."

우리가 옥신각신하고 있으니 경비 임무를 맡고 있는 '삿빰'이 다가

와서 자초지종을 살폈다. 그리고는 나에게 2만 루피아 정도 지불하면 좋겠다고 난처하면서도 공손한 모습으로 말한다. 곰곰 생각해 보니 5000루피아는 택시가 아니라 오젝을 타고 오는 가격이니, 그 얘기가 맞겠다는 생각이 퍼뜩 들어 얼른 2만 루피아를 주었다. '0'을 하나 지워 4000이란 숫자를 보여 준 기사는 4000원밖에 되지 않는다는 것을 말한 것이지만 4000루피아면 순간적으로 4000원 정도로 생각하게 되는 것이다. 아무튼 '원'과 '루피아' 사이에 적응이 아직 안 되어서 일어난 일이지만 오자마자 '어글리 코리안'이 될 뻔했다.

김치를
배신하다

아침에 시원하게 스콜이 내렸다, 20분 남짓. 노루꼬리처럼 짧은 비였지만 잠시나마 더위를 잊게 해 주고 섬의 대지와 공기를 청소해 준다. 비가 그치면 태양은 변함없이 뜨겁게 타오르겠지만 비가 오는 시간만큼은 참으로 달콤하게 갖은 상념에 젖는다. 사실 너무 더우면 아무 생각 없이 본능에 따라 몸을 움직이기 때문에 여기서는 비가 오면 그나마 생각할 여유가 생긴다.

비가 내려서 더위가 누그러졌기 때문인지 오늘 아침엔 이곳에 와서 모처럼 과식을 했다. 이곳 음식으로 과식을 하다니 별일이다. 이제 열하루째. 지금까지는 음식이 입에 맞지 않아 매일 기초대사량에 해당하는 음식만 먹었을 뿐인데.

평소에는 밥 한 공기, 감자튀김 두 개, 잘생긴 생선이 나오면 생선튀김 반 토막 정도를 먹었다. 그것도 김이랑 고추장의 지원사격을 받아가며 이곳 밥상과 전투를 벌여왔는데, 오늘은 밥 한 공기 반, 삐상고렝 두 개, 생선 한 토막, 미고렝국수튀김 한 국자, 감자튀김 두 조각 등을 먹었다.

입맛이 서서히 적응해 가서 그렇기도 하겠지만 식당 주방장 '네스'를 비롯한 직원들과 친하게 지내며 즐겁게 대화를 나누는 것도 음식 적응에 큰 도움이 된다. 특히 내가 이곳 음식에 어느 정도 적응되었다고 생각하게 된 이유는 내 밥상에서 '김치'가 빠지기 시작했기 때문이다. 물론 김치가, 나와 밥상 사이를 중재해 준다면 기름진 튀긴 음식들과 보다 우호적인 관계를 이룰 수 있겠지만, 이제는 김치가 없어서 밥을 못 먹겠다거나 그러지는 않는다. 근 50년 동안 김치가 빠지지 않는 밥상을 대해 왔던 있는 식사를 했던 것을 생각하면 좀 의외고, 김치의 입장으로 봐서는 다소 배신감을 느낄 수도 있겠지만 어떻게든 이곳 생활에 적응해야 하는 나로서는 퍽 다행스러운 일이다.

얼마 전, 시각장애인인 강영우 박사가 우리나라 최초로 사법시험에 합격한 시각장애인에게 법조계나 사회에 적응하기는 쉽지 않겠지만 그래도 잘해 나가리라 믿는다면서 '적응도 능력'이라 말했던 기사를 읽은 적이 있다. 길게 말할 것도 없이 '적자생존'이라고 하지 않던가.

어렸을 적 방학 때면 외가에 놀러가곤 했다. 우리 외가는 경기도 포천군 신읍리현재 포천시 신읍동였는데, 깊고 수려한 '왕방산'을 뒤에 두고 '한내'라는 맑은 개울이 마을 앞을 흐르는 전형적인 배산임수의 아름다운 고장이다.

초등학교 1학년 때부터 고등학교 1학년까지 한두 번을 제외하고 내 학창 시절의 철칙은 '방학은 외갓집에서'였다. 겨울방학이든 여름방학이든 방학 다음 날부터 개학 하루 전까지 알차게 지내다 왔다. 할아 버지, 할머니에다 이모가 4명이고 옆 동네에 사는 큰 외갓집까지 하면 이모만 9명이라 막내아들 같은 대접을 톡톡히 받고 지내면서도 집에 서처럼 나에게 이래라 저래라 잔소리를 할 사람이 없었다. 여름에는 산으로 내로 다니면서 머루 다래를 따 먹고 피라미 잡기에 곤충채집을 하고 겨울에는 토끼몰이, 얼음배 타 기, 얼음지치기를 했다. 도시에 서 자란 나에게는 놀이가 지 천으로 널린 천국이었던 것 이다.

그렇게 정신없이 놀다가 개학 2, 3일 남기고 부랴부랴 이모들에게 방학숙제 하나씩 떠맡겨서 개학 전날 집에 돌아오면 엄마가 "너 엄마랑 식 구들 안 보고 싶었니? 정을 떼듯 방학 하자마자 가서 어떻게 개학 하루 전날 까지 있다가 오니?" 하고 말했다. 미안

바나나 튀김, 라면 볶음, 볶음밥으로 이루어진 식사. 이제는 김치 없이도 밥을 먹을 수 있게 되었다!

하고 켕기는 마음에 부정도 긍정도 하지 않고 그냥 웃고 말았지만 방 학 때만 되면 노는 데 정신이 팔려 집과 가족들은 까맣게 잊곤 했다.

나는 이곳 부톤에서의 생활이 내 유년시절의 방학처럼 즐거운 나날 이 되길 바란다. 그러기 위해서는 가장 먼저 손을 잡아야 할 것은 인도

찌아찌아 마을의 한글 학교

네시아의 그 많은 고렝이다. 하여 나는 딱 1년만 김치를 배신하기로 마음먹었다. 나중에 한국에 돌아가면 김치냉장고 속 가득한 김치가 "나 안 보고 싶었니? 정을 떼듯 인도네시아에 가자마자 어떻게 나를 안 먹으려고 결심할 수 있니?" 하고 시큼하게 말할지도 모르겠지만.

기분이 삼삼한
'사랑감'

오늘따라 아망이 더 늦는다. 수업 시간은 한 시간밖에 남지 않았으므로 할 수 없이 숙소 주인에게 부탁했다. 숙소 주인은 흔쾌히 차를 내줄 뿐만 아니라 운전기사로 고등학생인 자기의 아들을 붙여 준다. 우리나라로 치면 아직 운전면허를 따기에는 이른 나이일 텐데. 암만해도 무면허이지 싶다.

소라올리오 가는 길은 도심을 벗어나자마자 머지않아 전형적인 열대지방 풍경이 눈앞에 펼쳐진다. 길 양옆으로 키가 크고 잎사귀가 넓은 나무와 풀이 끝없이 펼쳐져 있고 군데군데 가옥이 보인다. 집은 나무와 코코넛 줄기로 만들고 땅으로부터 1미터 정도 떨어져 짓는데 습기와 해충으로부터 보호하기 위해서라고 한다. 이렇듯 집이 허공에 떠 있는 형상이다 보니 우리나라와는 다른 독특한 장면을 연출하기도 한다. 가끔 스콜이 내리기라도 하면 집 아래에 줄을 걸고 빨래를 널기도 하는데 우리나라에서는 볼 수 없는 풍경이라 굉장히 신기했다.

소라올리오 가는 길은 늘 기분이 좋다. 까르야바루 초등학교에 가까워질수록 학교로 향하는 어린이들이 보이기 시작하는데 우리나라 초등학생들의 등굣길과 똑같다. 등굣길에 장난을 치기도 하고 앉아서 놀기도 하는데 '요 녀석들 저러다 언제 학교에 가나?' 하는 생각이 든다.

까르야바루 초등학교는 각 학년마다 2반씩 있는데 한 반에 열댓 명 정도밖에 되지 않아 우리나라 시골 분교의 모습을 떠올리게 한다. 학교에 들어서면 가장 먼저 눈에 띄는 건 손으로 '땡, 땡, 땡' 울리는 학교 종이다. 학교 종이 땡땡땡 울리기 전까지 학교에 일찍 온 아이들은 공놀이도 하고 술래잡기도 하고 나무를 타기도 하는데 수업도 시작하기 전에 벌써 땀에 흠뻑 젖었다. 축구하는 아이들, 배구하는 아이들, 줄넘기 하는 아이들, 술래잡기 하는 아이들. 공은 바람 빠진 물렁공에, 맨발에다가 다 낡은 네트, 제대로 된 것은 하나도 없지만 제법 즐기면서 할 줄 안다.

체격은 우리나라 아이들보다 한참 작지만 공을 다루는 솜씨는 제법이다. 특히 배구하는 모습이 인상적이었는데 초등학생인데도 남녀를 막론하고 서브를 실수하는 법이 없다. 여유가 되는 대로 용품 등을 갖추어 주고 좀 더 안전하고 재미있게 즐기게 해 주고 싶다. 다음 주에는 급한 대로 배구 네트, 축구공, 배구공 등을 선물해야겠다는 생각이 들었다.

아이들과 배구, 축구 등을 같이 해 봤는데 문제는 역시 뜨거운 태양이다. 운동량보다 내리쬐는 살인적인 햇빛과 습도 때문에 지레 지친

아이들과 함께 신나게 공을 찼다.

수업 준비 끝!

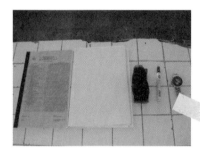

나를 '사팡감'이라고 부르는 까르야바루 초등학교 아이들.

찌아찌아 마을의
한글 학교

다. 하지만 아이들은 이 뜨거운 날씨를 즐기듯 잘도 뛰어다닌다.

'저렇게 놀고 얘네들 수업할 힘이 남아 있으려나?'

그건 내 생각이고 교실에 들어와 앉으면 동그란 눈을 반짝이며 나를 쳐다본다.

수업은 4학년을 중심으로 이루어진다. 4학년은 2개 반이다. 수업 시간에는 반 아이들 수만큼 다른 학년 아이들이 창문이나 교실 문 주위에서 구경을 한다. 호기심과 부러움이 섞인 시선으로.

하루 빨리 한글 교사가 더 확보되어 동시에 많은 학생이 한글 교육을 받을 수 있으면 좋겠다. 그래야 공식 문자로 채택된 한글이 실질적으로도 사용될 수 있기 때문이다.

그래도 진도가 조금 나간 것처럼 보여서 몇 가지 단어를 써 보게 했더니 글씨를 틀리게 쓰기 일쑤고 설사 맞게 써도 획순이 제각각이다. 한글 사용의 선구자적 역할을 할 학생들인데 이래서는 안 되겠다는 생각이 들어 같이 한글을 가르치는 아비딘 선생에게 양해를 구했다.

"모든 학문이 그렇듯이 기초가 탄탄해야 발전이 있어요. 한글도 예외는 아니죠. 자모 쓰는 법부터 다시 가르쳐야 할 것 같은데, 아비딘 생각은 어때요?"

다행히 아비딘도 몇 개 헷갈리는 게 있어서 요청을 하려고 했단다. 아비딘이 한국에서 한국어를 배웠다고는 하나 이제 단문의 기초적인 의사소통만 겨우 가능한 2급한국어는 1급부터 6급으로 등급이 매겨져 있고 1급이 최하급, 6급이 최상급이다이다. 아주 기초적인 의사소통만 할 수 있을 정도다. 그런 데다

제6고등학교에서 영어교사 하랴, 이곳 까르야바루 초등학교에서 한글교사 하랴, 나와 수시로 교과서 집필 작업 하랴, 한국어를 배웠다곤 하지만 육체적으로나 정신적으로 힘들었을 것이다.

특히 아이들 수업은 두 배로 힘이 든다. 영어가 전혀 통하지 않는 데다 얼마나 장난꾸러기인지 한 시간 수업하고 나면 온몸이 땀에 젖는다. 그런데 신기한 것은 기진맥진하다가도 까만 눈동자를 반짝이면서 수시로 깔깔대며 웃는 아이들을 보면 힘이 솟는다.

찌아찌아어로 '사팡가'라는 단어가 있다. 인니어로는 '뜨만', 우리말로는 '친구'라는 뜻인데 'ㅁ'을 붙여 '사팡감'이라고 하면 '너^{당신}의 친구'가 된다. 'ㅁ'이 관형격조사 역할을 하는 것이다.

수업이 끝나고 아이들이랑 공놀이를 하거나 얘기를 하면서 '사팡감'이라고 하면 정말 좋아한다. 나에게 그 얘기를 들은 아이는 잊지 않고 꼭 옆에 다가와서 나를 가리키며 '사팡감'이라고 한다. 그 큰 눈망울에 웃음을 머금은 채 나에게 들려주는 "사팡감". 전율이 느껴지도록 기분 좋은 순간이다. 고상한 말로 "기분 삼삼하다."

부톤 섬의
'하회탈 웃음'

우리나라의 하회탈은 아주 건강한 함박웃음을 짓는 모습이다. 그래서 탈을 바라보는 사람도 입꼬리가 올라가고 눈꼬리는 자연스럽게 내려와서 얼굴에 웃음이 그득해진다. 얼굴에 웃음이 만연하면 자연스럽게 행복이 뒤따라오는 걸까? 설령 즐겁지 않는 상황이라 해도 즐거운 생각을 하며, 웃는 표정을 만들어 보면 걱정은 날아가고 행복해진다.

그런데 이곳 사람들은 늘 하회탈을 쓰고 다니는 것 같다. 얼마나 잘 웃는지……. 나는 그들의 미소가 참 좋다. 미소만 머금는 경우도 있지만 대부분 치아를 다 드러내며 환하게 웃는다. 피부색이 검다 보니 치아가 더욱 희게 보여서 그들의 웃음은 말 그대로 눈이 부실 정도다.

인도네시아, 더 정확하게 말하자면 슬라웨시 주의 부톤 사람들은 알지 못하는 나를 보고도 잘 웃어 준다. 분명 처음 만나는 건데도, 마치 오래전부터 나를 알고 있었던 것처럼 반갑게 웃는다. 그냥 길에서 잠깐 스쳐 지나가도 마찬가지다. 낯선 외국인을 전혀 경계하지 않는다.

단순히 웃기만 하는 것이 아니라 특유의 반가운 표정까지 지으며 적극적으로 그들을 맞아들인다. 가슴으로 안아 준다는 느낌이 들 정도로 말이다.

그러다 보니 나는 여기 온 지 얼마 되지도 않아 그들의 웃음에 완전히 매료되었다. 그리고 전염되어 버렸다. 길에서 누구를 만나도 반갑고, 너무 반가워서 활짝 웃게 된다. 그러면 남녀노소를 막론하고 나를 보고 웃어 주지 않는 사람이 없다. 어린아이나 학생은 소리 내어 웃기까지 한다. 입만 웃는 게 아니다. 눈도 웃고, 입도 웃고, 얼굴도 웃고, 온몸이 웃는다.

나는 지금까지 그런 웃음을 본 적이 없다. 그리고 저렇게 웃어 본 적도 없는 것 같다. 이곳에 머무는 동안 그들에게 돌려준 웃음을 숫자를 헤아릴 수 있다면 얼마나 될까? 아마 내가 살아오는 동안 지었던 웃음을 모두 합친 것보다 많을 것이다.

이곳에서는 앞에서 두 사람이 걸어올 때 내가 웃음을 건네면 두 사람 모두 웃어 준다. 아마 우리나라 같았으면 어땠을까. 알지 못하는 내가 웃음을 던지면 두 사람은 서로를 바라보며 "아는 사람이니?" 하며 확인하려 했을 것이다. 상대방이 여자라면 더 이상한 취급을 받을지도 모른다. 한국에서는 모르는 사람이 웃으면 이상한 거니까.

우리나라 사람들은 웃음에 인색한 편이다. 물론 요즘 같은 세상에는 웃을 일은 극히 드물다 못해 웃음 자체를 잃어버릴지도 모르겠다. 사실 두 눈 부릅뜨고 사방을 아무리 둘러봐도 웃을 일이라고는 눈곱만치

언제 어디서든 환한 웃음을 짓는 부톤 섬 사람들.

도 찾을 수가 없다. 그렇다고 의기소침하게 얼굴에 내 천(川) 자나 그리고 앉아 밀려오는 스트레스를 고스란히 받으며 살 것인가. 그럴 수는 없다. 이곳에 와서 느꼈다. 웃음이 얼마나 좋은 것인지, 사람을 얼마나 기분 좋게 하고 얼마나 이롭게 하는지. 이 웃음 때문에 하루가 구름 위를 걷는 것처럼 기분 좋게 지나간다.

사실 이곳에서는 더위에 지치기 십상이다. 더위를 이기는 유일한 방법은 아예 시원함을 포기하는 것이다. 먹는 것도 그렇다. 우리나라 음식을 그리워해 어떻게든 찾아보거나 만들어 먹는 것도 좋지만 아예 먹는 것을 포기하는 마음도 필요하다. 더위에 지치고 음식이 입에 맞지 않아서 제대로 먹지 못할 때 나는 내 건강이 염려된다. 그러나 나는 웃음을 통해서 전보다 더 건강해지리라고 믿는다. 내 몸이 그렇게 믿는다.

아침이면 사람들과 눈을 마주치며 의심받지 않고 솔직하고 자연스럽게 웃음을 주고받을 생각에 가슴이 뛴다. 1년 후에 내가 이곳과 이별해야 할 때 가장 아쉬워할 점을 하나만 꼽으라면 이들과 주고받은 순수한 웃음이리라. 그러나 1년 후에는 이곳 사람들처럼 웃는 일이 습관이 되어서 얼굴에 하회탈을 쓴 것처럼 웃음이 떨어지지 않을 것만 같다.

아이들과
끄라톤 성벽에 가다

"선생님, 반 친구들과 숙소에 놀러 가도 될까요?"

제1고등학교 1반 수업이 끝난 뒤, 한국어 공부를 제일 열심히 하는 데피다가 다가와서 정중하게 물었다. 나는 가급적이면 숙소에서만큼은 편히 쉬고 싶고 누구에게도 방해받고 싶지 않다고 말하고 싶었지만 그런 유창한 인도네시아어는 아직 불가능했다. 대신 난처한 표정으로, 그렇지만 웃으면서 말했다.

"미안하지만 안 될 것 같은데……."

그랬더니 데피다는 그럼 일요일에 끄라톤 유적지에서 만나는 건 어떠냐고 제안했다. 끄라톤 유적지라, 마침 가 보고 싶었는데 잘됐다. 어차피 나도 이곳 유적지나 '필견처'는 누군가의 안내를 받는 게 좋으니까. '불감청이오나 고소원'이라고 속으로 말해 주었다. 데피다는 오후 4시 30분에 나를 데리러 숙소로 온다고 했다. 교회에 다녀와야 하니나도 그 정도 시간이면 괜찮다. 약속을 잡고 돌아오는 길에 바우바우

아이들과 함께 시간을 보내고 온 끄라톤 성벽.

시 청사 옆 문화재청에 들렀다. 아이들과 함께 둘러보긴 하겠지만 어느 정도는 알고 가는 게 좋으니까.

문화재청에 갔더니 찌아찌아족의 한글 교사에 대해 이미 매스컴을 통해 알고 있노라며 반갑게 맞아 주었다. 덕분에 부톤 섬의 여러 가지 문화에 대한 설명을 듣고 왕실의 문화재와 전래의 유물 등을 둘러보고 관광 지도도 얻어 왔다.

약속한 일요일, 오후 5시경이 되자 이케를 포함한 우리 반 학생 여섯 명이 찾아왔다. 뷔따가 운전하고 있는 차에는 세 명의 학생이 더 있었다. 차는 지프형 차인데 낡아서 차 바닥은 구멍이 숭숭 뚫려 바람이 들어오고 좌석은 다 해져서 스펀지가 쑥쑥, 나와 있다. 두 명은 각각 오토바이를 타고 왔는데 반가운 마음은 둘째 치고 걱정이 먼저 앞섰다.

나도 군대에 있을 때 해안을 순찰하기 위해 오토바이를 타기도 했지만 오토바이가 그리 안전하지는 않다. 이 학생들은 지금 고등학교 1학년인데 여기서는 면허가 없어도 되는지 아니면 이 정도의 나이에도 면허를 딸 수 있는지 궁금하면서도 걱정스러웠다. 나도 역시 걱정 많은 어른이며, 선생이니까.

아무튼 나까지 일곱 명은 끄라톤 성벽을 구경하러 갔다. 1400년경 포르투갈과 네덜란드 등 외적의 침입을 막으려고 술탄의 지시를 받아 현무암으로 쌓은 이 성은 둘레 2.74킬로미터, 높이 2~8미터인데 가장 높은 곳은 10미터에 달한다.

문은 12개가 있으며 성곽 내부의 면적은 세계에서 가장 넓은 것으로 알려져 있다. 또 성곽을 쌓은 돌과 돌 사이를 달걀 흰자위로 회반죽해서 하나하나 이었는데 긴 세월이 지난 지금도 옛 모습을 유지하고 있는 것은 이런 축조 기술 때문이라고 한다.

1542년, 이 섬에 이슬람교가 들어오면서 첫 술탄이 된 왕의 무덤도 마을이 한눈에 내려다보이는 곳에 자리 잡고 있었으며 무덤 뒤편으로는 술탄의 즉위식 장소로 사용된 '이간단기' 바위가 있다.

바우바우 시에는 100여 개에 달하는 모스크가 있는데 가장 큰 모스크는 역시 끄라톤 성내에 있는 끄라톤 모스크다. 종교의 자유는 있지만 대부분 이슬람교를 믿는 이곳 사람들은 매일 다섯 번씩 정해진 시간에 기도를 한다. 금요일에는 정오에 합동 예배가 있는데 남자는 모스크에서, 여자는 가정에서 예배를 본다.

오전 11시가 되자 북소리와 함께 사람들이 모여들고 헌금을 한 뒤 카바 성전을 향해 절을 올린다. 이어 이슬람교의 장로인 이맘의 설교를 듣고 기도를 하면 합동 예배는 끝이 난다.

반장과 부반장인 데피다와 이케는 나에게 몇 시에 잠을 자느냐고 묻는다. 아마 더 있어도 되는지 묻는 것이리라. 나는 괜찮은데 너희들이 늦는 게 아니냐고 물으니 걱정하지 말라고 한다.

인도네시아어가 유창하지도 않은데 아이들은 내게 많은 이야기를 들려주고 싶어 했다. 손짓 발짓 섞어 가며. 그런데 신기한 것은 내가 아이들의 말을, 마음을 전부 이해하고 있다는 사실이었다. 내게 무슨 신기가 있는 것도 아닌데 그저 마음의 문을 열어 놓았을 뿐인데도 대화도 마음도 우리 사이에는 막힘이 없이 오갔다. 사려 깊고 예의 바른 데 피다는 의사가 되고 싶다고 했고, 뷔따와 이케는 여경이 되고 싶다고 했다. 나는 이 학생들이 자신이 원하는 직업을 갖게 되면 참 잘 어울릴 것이라고 생각을 했다. 그리고 그런 모습을 상상하며 진심으로 꿈을 이룰 수 있길 기도했다.

밤 9시가 되어 아이들은 나를 숙소로 데려다 주었다. 오토바이가 날 태운 차의 앞뒤로 달리니 국빈이 된 기분이었다. 국제적으로 제자를 두니 이런 호강도 다 해 보는구나. 그런데 얘네들 정말 면허증이 있긴 있는 건가?

U.S.A?
USA!

4~6월까지는 졸업 시험과 축제, 졸업식이 연달아 열린다. 12학년여기서는 고3 학생을 12학년이라 부른다은 졸업 시험에 합격해야만 졸업을 할 수가 있는데 매일 7시부터 9시까지 시험을 본다. 다행히 고등학교에서는 약 13과목 정도를 공부하지만 졸업 시험 과목은 국어, 영어, 수학뿐이다.

시험 때는 한 반에 평소의 3분의 1씩 들어가서 시험을 치르기 때문에 10학년과 11학년은 자연히 평소보다 늦은 9시에 등교한다. 등교 시간이 늦어지다 보니 학생들은 농사 등 집안일을 돕다가 지각을 하거나 아예 결석하는 일도 잦다. 그러다 보니 시험 기간에는 이래저래 학생이나 교사나 들떠 있어 어수선하다. 그러나 한국어 시간만큼은 학생들의 관심이 높고 재미있어서 참여도가 높은 편이다.

시험 기간 동안 학생들의 출석률이 낮아 휴강을 한 선생님들은 자신의 수업 시간에 온 몇몇 학생과 한국어 수업에 참여해서 공부를 하는 진풍경이 벌어지기도 한다. 학생의 참여도가 낮으면 가르치는 입장에

출석 부르는 동안 자기 차례를
기다리고 있는 학생들.

한국어 수업 시간에
발표하는 여학생.

일본인 얼굴이
그려져 있는
조악한 한국어 사전.

서도 힘이 빠지고 의욕을 상실할 수밖에 없는데 시험기간에 오히려 성황리에 수업을 진행할 수 있어서 다행스럽고 감사할 뿐이다.

수업 시간에는 인도네시아어와 영어를 섞어 가며 하는데 그 마저도 신통치 않아 학생들에게는 늘 미안하다. 인도네시아어와 영어를 섞어 해도 잘 통하지 않는 상황이 오면 급한 마음에 나도 모르게 우리말이 튀어나오는데, 당연한 얘기지만 그러면 더 못 알아듣는다.

한번은 이런 일도 있었다. 수업을 시작하기 전에 꼭 출석을 부른다. 당분간 학생 이름을 하나하나 불러가며 이름도 외우고 좀 더 가까워지기를 기대하기 때문이다. 글자도 낯설고 이름도 보통 서너 개가 연결되어 있다. 대부분 이름이 길다 보니 가끔 틀리게 부를 때도 있는데 그럴 때마다 학생들은 박장대소하며 즐거워한다. 수업이 즐거우면 반은 성공한 셈인데 아무튼 이렇게라도 웃길 수 있다니, 미안하면서도 고마울 따름이다. 이름을 틀리게 부르는 외국인 선생이 재미있기도 하고 웃기기도 할 것이다. 이름을 하나하나 짚어가며 출석을 부르는데도 길고 어려운 이름뿐이라 제대로 부르기도 쉽지 않다. 절반 정도 불렀을까? 쉽고 짧은 이름이 눈에 띄었다.

"USA."

이게 웬 떡이냐 싶어 앞뒤 재지 않고 호기롭게 이름을 불러 주었다. 아주 큰 소리로.

"유, 에스, 에이."

발음도 멋지게 유, 에스, 에이!

그런데 이 녀석은 왜 손을 안 드는 거야? 아이들 속에서 '유에스에이'를 두리번거리며 찾고 있는데 학생들이 배꼽을 잡고 쓰러진다. 당황한 나는 짧은 시간이지만 무엇이 잘못되었지, 하면서 조심스레 물었다.

"왜? 왜?"

그중에 한 학생이 간신히 웃음을 멈추며 말한다.

"선생님 유, 에스, 에이 아니에요!"

"우사예요. 우사."

'USA'란 글자의 위력이란……

머리 위로 까마귀 한 마리가 지나간다. 까악, 까악. 얼굴이 화끈거리지만, 이 한 몸 희생해서 학생 모두가 즐거울 수 있다면…….

어쨌든 오늘도 즐거운 한국어 수업 시간.

한글에
그림을 입히다

나는 수업 시간에 그림을 그려서 설명하는 것을 좋아한다. 특히 이곳의 특별한 음식이나 물건을 그림으로 그리고 "어제 이런 것을 먹었어, 지난 일요일에는 이런 것을 보았어"라고 말하면 학생들은 웃거나 박수를 치면서 그림에 해당하는 명칭을 가르쳐 준다. 그러다 보니 아이들은 내가 칠판에 그림을 그리기 시작하면 갑자기 조용해지면서 눈을 반짝이며 쳐다본다. '이번에는 뭘 그리는 걸까?' 아이들의 얼굴에는 그렇게 써 있다.

그렇지만 나는 특징적인 것은 맨 나중에 그린다. 아이들의 궁금증이 최고에 도달할 때까지 기다리는 것이다. 아이들이 궁금해하다가 나중에 탄성을 지르는 것이 즐겁다. 또 만화식으로 약간 과장되게 그리면 얼마나 재미있어들 하는지 그냥 말로 설명하는 것보다 재미도 있고, 설명하는 말 자체가 어렵기도 하거니와 딱딱하기 때문에 그림으로 설명하는 것은 여러모로 효과적이다. 어렸을 적 충분히 보고 그려 봤던

만화 덕을 이렇게 볼 줄이야. 앞으로 이곳에 올 한국어 선생님은 만화 연습을 많이 할 것을 적극 추천한다.

그런데 이곳의 수업 분위기는 우리나라와는 조금 다르다. 우리나라 학생들은 수업이 시작되면 끝날 때까지는 교실에서 그것도 자기 책상에서 이동하는 것 자체가 금기시되어 있다면, 이곳 학생들은 자유로운 영혼이어서 수업 중에도 묶어 둘 수 없다. 아이들은 교실 문을 수시로 드나든다. 쉬는 시간은 쉬는 시간대로 충분히 쉬고, 수업 시간 중간에도 유유히 나가서 화장실도 가고 옆 반 친구를 만나고 오기도 한다. 물론 수업 도중 나갈 때는 나에게 사인은 보낸다. 우리가 운동경기할 때 선수 대표가 선서하듯이 오른손을 들고.

처음에는 내 수업 시간에만 그러나 싶어서 당혹스럽기까지 했는데 살펴보니 다른 수업시간에도 마찬가지인 모양이다. 오히려 다른 선생님들이 말하기를 한국어 수업이 재밌는지 아이들이 꼼짝도 하지 않고 수업을 잘 듣는다고 한다. 그렇다면 다행이다 싶으면서도 입이 근질근질하다.

'너네들, 화장실 정도는 미리미리 다녀오면 안 되겠니?'

그리고 보니 나는 이곳에서 학생들을 가르친 지 한 달이 넘도록 쉬는 시간에 화장실을 간 적이 없다. 날씨가 워낙 덥다 보니 수분이 땀으로 배출돼 화장실 갈 일이 없는 것이다. 운동선수가 시합 중에 화장실에 가고 싶다는 생각이 나지 않는 것과 비슷할지도 모르겠다. 물론 딱 한 번 화장실을 간 적이 있긴 하다. 그때까지 나는 화장실이 건물 어디

그림을 이용해 수업하면 아이들이 아주 좋아한다.

에 붙어 있는지도 모르고 있었다. 이쪽저쪽 두리번거리다가 시간 내에는 도저히 찾을 수 없을 것 같아서 다른 선생님께 여쭤 봤다.

"선생님, 혹시 화장실이 어디 있나요?"

선생님은 말로 설명해 주기 어려운지 친절하게 따라오란다. 뒤를 졸졸 따라가는데 뭐가 좀 이상하다. 선생님들 사이를 막 가로질러 간다. 화장실 가는 게 사람이라면 당연한 일이지만 이렇게 요란하게 가게 될 줄이야.

마치 동네방네 떠들면서 "저 화장실 갑니다, 저 화장실 가요" 하는 것만 같아서 창피한데 선생님이 발걸음을 멈추고 가리킨 작은 문. 뒤틀려서 잘 닫히지도 않고 살짝 보이기까지 하는 그 문을 열고 들어가란다. 여기가 화장실이라면서.

머뭇머뭇 화장실 안에 들어가니 남녀 공용인 데다가 소변기도 따로 없다. 큰 물통과 바가지가 그 위에 달랑 하나 떠 있을 뿐이다. '만약의 경우'에는 당연히 왼손을 사용해야 한다. 그런데 그것은 둘째 치고 지금 내게 필요한 건 방음장치다. 문이 뒤틀려 있어서 모든 음향이 생생하게 밖으로 전달되니까. 바로 코앞에 선생님들이 가득 있는데.

어쨌든 화장실을 한 번 다녀온 그날 이후 나는 아침에 물이나 음료수를 의도적으로 삼가게 되었다. 다른 선생님이 그동안 깐띤매점에 나타나지 않았던 이유를 알 것 같다. 적어도 그날만큼은 나도 깐띤을 찾지 않았으니 말이다.

세계에서 가장 작은
한인 교민회

저녁 식사를 하고 나면 파파야 나무 밑에 있는 평상에 앉아 잠시 휴식을 한다. 그러면 삿빰들이 인사를 하며 다가오고 호텔 직원에다가 동네 청년도 한두 명씩 모여 금세 열두어 명과 이런저런 얘기를 나누곤 한다. 흐릿한 가로등 아래서 그들은 한국 얘기를 호기심 어린 표정으로 들으며 질문도 하고 "오~브기뚜아~그래?"하면서 추임새를 넣으며 신기해한다.

가끔 어떤 친구는 "한국말로는 뭐라고 해요?" 하고 묻는 학구파도 있다. 그들은 나를 통해 한국을 상상하며 알아 가고 나는 그들이 가끔 툭툭 던지는, 그야말로 살아 있는 언어를 배운다. 더구나 내가 묵고 있는 이곳은 부톤 섬에서 가장 중심이므로 올리오족, 찌아찌아족 등 여러 족속이 자연스럽게 모이는 곳이라 그들의 언어와 문화를 비교하며 살짝 엿볼 수 있는 귀중한 시간이다.

하루는 열심히 '심포지엄'을 진행하고 있는데 귀에 익은 하지만 순간, 낯선 한마디가 들렸다.

"안녕하세요."

이 말이 귀에 도착해서 뇌에 전달되어 해석될 때까지는 짧지만 분명히 시간이 필요했다. 처음에는 잘못 들은 줄 알았다. 그런데 약간 간격을 두고 또다시 들려왔다.

"안녕하세요?"

내가 이곳에서 인도네시아 말과 찌아찌아어를 밤낮 말하고 듣고 하니 인도네시아어가 한국말처럼 들리는 건가 하는 생각이 들었다.

'이게 이른바 귀가 뚫렸다는 건가?'

학교가 아닌 곳에서 한국어로 인사를 받는 일이 거의 없었기 때문이다. 두리번거리며 바라보니 나와 연배가 비슷하거나 더 되어 보이는 남자가 서 있었다.

"한국 사람이 계시다고 해서 찾아왔습니다."

이인수 씨와 처음에는 그렇게 만났다.

이인수 씨는 내 숙소에서 소라올리오는 쪽으로 약 2킬로미터 정도 떨어진 킬로싸투에 집이 있었지만 주로 참치 냉동 시설이 있는 라께바 해안가 공장 내에서 생활하고 있었다. 참치 공장은 바우바우 비행장이 있는 베똠바리 부근인데 내 숙소를 기준으로 보자면 찌아찌아족이 사는 소라올리오는 동쪽, 제2고등학교와 비행장이 있는 베똠바리는 서쪽으로 서로 반대 방향이다.

내 숙소에서 서쪽으로 2킬로미터 정도 가면 제1고등학교가 있는

'뚬바'가 나오고 그곳에서 다시 약 3킬로미터 정도 가면 베뚬바리에 있는 제2고등학교가 위치해 있다. 나는 제1고등학교나 제2고등학교에서 수업이 끝나면 가끔 라께바 해안에 있는 이인수 씨의 참치 공장을 방문하곤 했다. 200평 정도의 참치 공장은 냉동실, 가공실, 포장실로 되어 있고 직원도 약 20명 정도 되는데 제법 규모가 컸다.

나는 이곳에 있으면서 하루만이라도 눈이 펑펑 오는 추운 겨울 날씨를 경험하면 좋겠다는 다소 허황된 꿈을 꾸고 있었는데 얼음과 성에가 잔뜩 긴 영하의 참치 냉동실에서 콧속이 쩍쩍 달라붙는 추운 겨울 날씨를 만끽하곤 했다.

이인수 씨는 부톤 섬에서 어부들에게서 참치를 구입하거나 자신이 직접 잡아서 공장에서 냉동해 자카르타로 수출을 한다. 내가 방문할 때면 주로 참치를 가지고 온 어부와 상담을 하고 있거나 냉동실에서 일을 하고 있었다.

나는 이인수 씨를 회장님이라고 부른다. 부톤 섬 교민회장이라는 의미인데 나보다 두 살 위이기도 하거니와 인도네시아에서 자리 잡고 산 지 10년이 다 되었고 앞으로도 이곳에서 쭉 머물 거라서 내가 교민회장으로 추대했다.

혼자 추대하는 것도 만장일치란 용어를 사용하는지는 몰라도 어쨌거나 반대 의견이 없었으므로 그렇게 했다. 회장 한 명에 회원 한 명, 세상에서 가장 작은 규모의 교민회가 구성되었는데 회칙은 없다. 당연히 회칙이 없으니 의무와 권리, 회비 등 아무것도 없고 그냥 '회장님'

이인수 씨의 참치 냉동 공장이 있는
라께바는 맑고 잔잔한 해안이다.

부톤 섬에는 이인수 씨와 나, 한국인이 두 명 산다.
이인수 씨는 얼마 후 만장일치로 부톤 섬 교민회장으로 취임했다.

이라는 호칭만 있다.

인천 태생인 이인수 씨는 철들고 나서 바다, 그것도 원양어선만 탄 마도로스다. 30대 중반 무렵에는 선장이 돼서 마흔이 될 때까지 바다 위에서만 살았다. 부톤 섬 부근까지 와서 고기를 잡던 중 이곳 부톤 아가씨와 결혼해서 자카르타에 가서 살다가 5년 전 다시 부톤으로 돌아왔노라고 했다. 이인수 씨는 슬하에 1남 2녀를 두었는데 아들이 막내고 이름은 '에이스'다.

이인수 씨는 선장 출신답게 남성미가 물씬 풍기는, 선이 굵고 보는 사람에 따라선 다소 말을 붙이기 쉽지 않은 외모와 체격을 갖추고 있었다. 두 딸이 모두 미인이고 막내 에이스도 잘 생겨서 부인이 상당히 미인일 거라고 생각했는데 나중에 만나 보니 그 이상이었다. 나는 수업이 끝나면 이인수 씨 공장에서 같이 점심을 먹었다. 이곳에서는 김치를 먹을 수 있었는데 오랫동안 배를 타면서 익힌 요리 솜씨와 부인에게 김치 담그는 법을 가르쳐서 배추김치와 열무김치가 늘 식탁에 올라왔다.

이곳에 온 이래로 김치를 먹어 본 적이 없다. 김치를 파는 곳도, 김치를 아는 사람도 없는 터라 사실 먹고 싶다는 생각만 했지 김치를 먹는 것은 거의 포기한 상태였다.

"정 선생님, 이 김치 좀 들어 봐요. 한국의 김치와는 조금 다를 거예요. 이거 먹다 보면 보통 배추김치는 싱거워서 잘 안 먹게 돼요."

과연 한눈에 보기에도 배추김치지만 열무김치처럼 색이 진했다. 이인수 씨가 권하는 대로 밥에 김치를 올려 먹어 보니 입안에서 화한 느낌이 들고 마치 갓김치 같은 깊은 맛이 나는 게 과연 훌륭한 맛이었다. 김치만으로도 밥 한 그릇을 뚝딱 해치웠다. 사실 인도네시아의 식탁 위에 있는 김치와 따뜻한 밥을 마주 대하니 감격스럽기까지 했다.

게다가 참치회와 여러 생선 요리를 맛볼 수 있었는데 특히 참치회를 마음껏 먹을 수 있었다. 한국에서 참치회 중에서 뱃살이 맛있다는 얘기를 듣기는 했어도 그쪽으로는 문외한이라 잘 모르기도 했거니와 값이 비싸서 먹을 엄두도 못 냈는데 그런 참치회를 거의 매일 먹다시피 하다니.

하루는 쟁반에 참치 뱃살을 가지고 나오기에 봤더니 고기로 치면 대여섯 근은 돼 보였다.

김치와 참치 뱃살, 한국에서도 쉽게 먹기 힘든 참치회에다 김치,
뜨거운 밥까지, 감동의 연속이었다.

"정 선생님, 이게 3킬로그램 정도 나가는데 70킬로그램짜리에서 나온 거예요."

"회장님, 이 참치는 이 근처에서 잡은 거지요?"

"그렇죠. 오늘 아침까지만 해도 이 근처에 살던 녀석이죠."

"그럼 열대지방에서 사는 물고기네요."

"그럼요."

"근데 제가 한국에 있을 때, 보통 열대지방에서 잡은 물고기는 회로 잘 안 먹는다는 얘기를 들은 적이 있어서요."

"그거 잘 몰라서 하는 얘깁니다. 참치회가 좋은 줄은 다 알지요? 그런데 참치는 열대에서 잡히는 어종이거든요."

그날 3킬로그램 정도의 회를 둘이 먹었는데 그렇게 많은 회를 먹어 보기는 난생 처음이었다. 나중에 보니 이인수 씨 방에는 소주가 열 박스 정도 쌓여 있었다.

"회장님 여기서 술도 판매하시나요?"

"웬걸요. 제가 마시려고 사둔 거예요."

"저걸 다요?"

"금방 없어져요. 근데 정 선생님, 술 좋아하세요?"

"아뇨, 제가 술은 즐기지 않는 편이라서……."

나는 조금 미안한 표정을 지으며 말했다.

"어이쿠, 그렇군요. 정말 잘됐습니다."

그런데 이인수 씨는 진심으로 기뻐하며 박수까지 쳤다.

"저 술이 비싼 데다가 구하기도 어려워서 혹시 같이 나눠 마셔야 하나 하고 걱정했거든요."

이인수 씨는 솔직하고 유쾌한 두주불사형 애주가였다. 이인수 씨 얘기로는 가공한 참치를 배편으로 자카르타에 보내고 오는 편에 10박스 정도 소주를 들여온다고 했다. 순전히 혼자 먹기 위해서 10박스를……

인도네시아와 마찬가지로 부톤 섬도 대부분의 음식을 튀기거나 볶아 먹는다. 중국의 영향을 받기도 했거니와 냉장이나 냉동 시설이 별로 없는 이곳에서 상하거나 부패하는 것을 막기 위한 지혜로운 조리법이다. 따라서 참치도 잡으면 튀겨 먹고 볶아 먹는 단순히 큰 물고기일 뿐이었는데 이인수 씨가 냉동 시설을 갖추고 평소 가격의 몇 배에 해당하는 값을 쳐 주니 참치를 잡으면 아무리 멀어도 부톤 각지에서 이곳으로 가져온다고 했다.

기존 방식의 참치는 가격이 싸지만 냉동 참치는 그만큼 비싼 가격에 팔 수 있기 때문이었다. 자카르타로 넘어간 냉동 참치는 러시아와 유럽으로 팔려 나간다고 했다. 어부들은 참치 서너 마리만 잡으면 한 달 생활비에 해당하는 돈을 벌 수 있기 때문에 열심히 잡는다고 했고 그때문에 물량은 풍부하다고 했다.

"그러면 회장님. 어부들은 예전보다 참치를 더 많이 잡겠네요."

"그렇지도 않아요."

"왜요? 참치를 예전보다 더 비싼 가격에 사 주니 필사적으로 잡아 올

텐데요."

"참치도 자신들 목숨이 달린 일이라 필사적으로 달아나거든요."

이인수 씨와 대화를 나누면 늘 즐겁고 화끈하다. 나는 바우바우에서 너무 덥고 습한 날씨 때문에 고생했고 도통 음식이 입에 맞지 않아 건강을 유지할 수 있을지도 장담할 수 없었다. 그런데 이인수 씨에게서 김치와 참치를 제공받아 입맛도 찾고 영양을 보충해 한글 교육을 꾸준히 할 수 있었다고 생각한다. 또 가끔 돌아오는 길에 큰 반찬통에 김치와 밑반찬을 잔뜩 얻어오기까지 하는데 숙소 냉장고에 넣어 놓으면, 입동 무렵 겨우내 먹을 김장을 해 놓은 것처럼 흐뭇하고 든든하다.

나는 찌아찌아족에게 한글을 가르치러 오면서 고비마다 여러 사람의 도움을 받았다. 그리고 거기에는 보이지 않는 손길이 더 많았음을 느꼈다. 처음 찌아찌아족에게 한글을 가르치러 간다고 수개월 동안 연일 매스컴에 나오고 주위 친지나 친구가 연락을 해 격려해 주었을 땐 약간이긴 해도 설명할 수 없는 우월감과 자만심이 있었다. 그러나 시간이 지나면서 생각해 보니 이 일이 있기까지 준비한 학자, 시간과 사재를 들여 진행한 분, 이 일의 수혜자이자 사업을 허락해 준 찌아찌아족 등, 관여한 모든 사람과 그들이 조성한 환경이 있었기에 이 사업이 가능했다는 생각이 들었다.

우리나라 어느 영화배우가 시상식에서 말한 수상 소감처럼 잘 차려진 밥상을 받고 열심히 떠먹고 있다. 이와 같이 돕는 손길이 없었다면 어떻게 내가 인도네시아를 향해 한 걸음이라도 뗄 수 있었겠는가.

안경과 송곳니가
없다

부톤 섬에 어느 정도 머물면서 사람도, 풍경도 눈에 익기 시작하자 처음 왔을 때는 보이지 않던 것이 하나둘 눈에 띄기 시작한다. 대부분 소소한 궁금증 같은 거라서 딱히 누구에게 물어보기도 뭣했는데 이인수 씨를 만난 후로는 거의 말끔하게 해결하고 있다. 대부분 이런 식이다.

"회장님, 여기에서는 안경 쓴 사람을 거의 못 본 것 같아요."

"여기 사람들은 눈이 나쁠 이유가 없어요. 매일 넓은 바다를 보고 사니까요. 선생님도 생활하신 지 꽤 되니까 아시겠지만 전기 보급률이 낮기도 하거니와 저녁 6시만 되면 대부분의 일상생활이 멈추잖아요. 관공서나 학교는 오후 2시경이면 모두 끝나는 데다가 학생들은 방과 후 공부보다는 농사나 뱃일 등 집안일을 돕고 있구요. 사실 텔레비전 보급도 5년 전쯤부터 이루어졌고 그것도 수천 명이 사는 바우바우 시의 중심에만 해당이 되니까요."

이인수 씨 말처럼 이곳 인도네시아에서는 대부분의 사람들이 해가

부톤 섬을 에워싸고 있는 바다는
이곳 사람들의 삶의 터전이자 앞마당이다.
탁트인 파란 바다는 눈을 시원하게 한다.

떠서 지기 전까지만 활동을 한다. 마법에 걸린 도시처럼 말이다. 해가 지면 저녁에는 푹 쉬는 것이 일상이니 눈이 나빠질 이유가 없는 것이다. 그나마도 대낮에는 적어도 3, 4시간가량 수면을 취하거나 쉬는 사람이 많다.

이곳 사람의 생활 방식이 참으로 단순한 듯 보이지만 자연의 시간에 맞춰 살아가는 게 인간의 심신에는 순리가 아니겠는가. 사람이야말로 자연의 일부일 테니까. 그렇게 따지면 우리나라는 학생들이 밤 12시가 넘도록 공부하고, 24시간 산업이 가동되어 사람들은 새벽까지 불야성을 이루는 도심에서 생활한다. 그런 사람의 눈이 안녕할 리가 있겠는가.

사람은 애초에 건강한 몸으로 태어난다. 더 나은 삶을 위해서 밤을 새워 가며 열심히 공부하고 일해서 돈을 많이 번다. 그러나 지나치게 공부하고 일한 나머지 눈이 나빠지고 건강을 해쳐서 모은 돈으로 안경을 사야하고 병원 신세를 져야 한다고 생각하면 너무 단순한 가정이고 논리의 비약일까? 아무튼 이곳엔 몸이 아픈 사람이 적어서든 몸이 아파도 병원에 갈 형편이 되지 않아서든 병원과 약국의 수가 매우 적다. 의원이 3, 4군데고 약국도 재래시장 안에 3, 4군데 있을 뿐이다. 그나마 시내에 있고 그 외의 지역은 전무하다시피 할 테니 자의건 타의건 이곳 사람은 병원이나 약과는 거리가 먼 생활을 하고 있다.

또 한 가지 의문이 드는 것은 인도네시아 사람은 송곳니가 많이 빠져 있다는 것이다. 우리가 수렵시대에 사는 게 아니라서 고기를 이로

찢어야 할 일이 없다고 치더라도 왜 하필이면 송곳니가 그럴까? 앞니 만큼은 아니더라도 그런 상태로 놔두는 것이 상당히 문제가 있는데도 여기 사람들, 특히 미용에 신경을 쓰는 여자들도 사회적 중류층이라 일컫는 선생님들도 송곳니가 없다. 그래서 내가 약간 이상하다고 말해 도 그들은 아주 자신 있게, 심지어 아름답게 보이려고 송곳니를 뺀 것 처럼 말하거나 웃곤 한다.

이것도 나중에 기술적인 문제와 경제적인 문제로 귀결되긴 하지만 더 직접적인 문제는 수질과 관계가 있다는 이야기를 들었다. 인도네시 아의 많은 사람이 치아가 약하다는 것이다. 인도네시아는 물에 석회질 이 많아서 이것이 몸에 쌓이면 건강에도 좋지 않지만 특히 잇몸에 영 향을 주어 치아가 빠지기 시작한다는 것이다. 그런데 나중에 치과를 하는 고등학교 동창에게 물었더니, "그래? 근데 왜 치아 중에서 뿌리가 깊어 가장 늦게 빠지는 송곳니부터 빠질까?" 한다.

어쩐지 마을 곳곳에 정수 시설을 해 놓고 돈을 받고 집집마다 배달 해 주는 사람을 자주 보았다. 이것도 최근의 일이고 과거에는 지하수 를 그냥 마셨으니 대부분의 사람이 치아가 온전할 리가 없는 것이다.

그래서 이곳에 오기 전 인도네시아를 소개하는 책에는 "인도네시아 에서는 반드시 생수를 사 마실 것, 동네에서 정수된 물은 가급적 마시 지 말 것"이라고 되어 있다. 그러니 우리나라는 '산 좋고 물 맑은 삼천 리 금수강산'이라는 말이 빈말이 아니다. 물론 우리도 정수해 마시긴 하지만 애초부터 수질이 나빴던 것이 아니고 기본적으로 석회질이 섞

물에 석회질이 많아서 잇몸이 약해져
치아가 없는 사람이 많다.
진열대 앞에 하얗게 보이는 것이 '틀니'다.

마을 공동 우물, 부톤 섬은 산악 지역인 데다
석회질이 많아 물 사정이 안 좋다.

여 있거나 한 것이 아닌 천혜의 건강한 물이지 않은가. 지금도 깊은 산속에는 그냥 마셔도 될 만한 물이 흐르고 있으니 말이다.

만약에 우리나라 물에도 석회질이 많았다면 과학이 발달한 요즘에야 어떤 대책을 세웠겠지만 송곳니가 없는 사람이 많았을지도 모르겠다. 상상해 보라, 가정에서나 직장에서, 전철에서 송곳니가 없는 가족, 동료가 말하거나 웃는 모습을. 아마 이런 걱정이 없는 자연의 혜택으로 우리나라의 산과 물에 '천혜'라는 말이 어울리는 것이다.

바우바우 시를 비롯한 부톤 섬에는 전력 사정과 수도 사정이 나빠서 정전이 잦고 수도 시설이 없는 집이 많다. 그래서 그 집의 경제 수준을 알기 위해서 전기와 수도가 들어오느냐고 묻기도 한다.

전력과 물의 사용량은 해마다 늘어나는데 예산은 그에 따라가지 못하니 시에서는 신청 가정 중에 일정한 수의 가정에 대해서만 설치를 해 준다. 그래서 대기 가정은 계속 느는데, 요즈음은 신청금을 100만 루피아 내고도 2년 정도는 기다려야만 설치가 가능하다고 한다. 당국에서는 급기야 이 골치 아픈 일을 민간 업자에게 맡기게 되었고 민간 업자는 웃돈을 받고 전기와 수도를 설치해 주는데 웃돈은 약 700만 루피아라고 한다. 그것도 2, 3개월은 걸린다고 하니 이곳의 전기와 물 사정은 40여 년 전쯤 우리나라를 떠올리게 한다.

ㅇ ㅕ ㄹ ㅡ

ㅎ ㅏ ㄴ ㄱ ㅡ

ㅆ ㅏ ㄱ ㅇ ㅣ

ㅈ ㅏ ㄹ ㅏ ㄷ ㅏ

Anyanghaseo,,

To : sonsengkim

♥ ♥ Kesan & Pesan ♥

Terima kasih sonsengkim, karena selama

To : 선생님 (Mr. 정덕영)
From : 사이 랏미 늘하와이샴

Detik demi detik, langkah mengesankan telah kita lalui...

3 | 여름, 한글 새싹이 자라다

세종대왕

한글을 가르치러 왔는데
한글이 그립다

덥고 후텁지근한 날씨, 튀기고 볶은 음식, 무엇보다 익숙지 않은 향……. 모두 다 각오하고 있었다. 그러나 전혀 예상치 못한 문제가 하나 있었으니 그건 바로 한글이다. 인도네시아에 한글과 한국어를 가르치러 온 한국어 교사가 한글에 굶주리다니!

사실 나는 이곳에 온 이상 빨리 찌아찌아어를 배우고 익히고 싶었다. 그래서 아침부터 저녁까지 눈에 띄는 사람이면 누구든지 붙잡고 한마디라도 더 주고받으려고 애썼다. 새로운 단어를 접하면 무슨 뜻인지 사전을 뒤적거리거나 이 사람 저 사람에게 물어보는 게 일이었다.

손手 → 을리마

발足 → 까께

우산 → 빠우

감사합니다 → 따리마까시

사랑합니다 ➡ 인다우뻬 엘루이소오

용서하세요 ➡ 모아뿌 이사우

예 ➡ 움베

아니오 ➡ 찌아

찌아찌아어 공부를 하다 보면 재미있는 단어를 발견하기도 한다. 예를 들어 찌아찌아족의 '찌아'는 '아니오'라는 부정의 뜻이다. 덧붙이자면 약 350년간 네덜란드의 지배를 받았던 인도네시아의 찌아찌아족은 네덜란드 군인이 부톤 섬에 상륙해서 외부에 알려진 민족이다. 네덜란드 군인이 이들에게 무언가를 물어보자 겁을 먹고 "아니오, 아니오"라고 대답한 데서 이름이 유래했다고 한다.

네덜란드 군인은 자신들이 처음으로 새로운 민족을 발견해서 찌아찌아족이라고 명명했다지만 그것은 네덜란드의 관점일 뿐 애초부터 부톤 섬에서 살아온 찌아찌아족의 처지에서 보면 그다지 유쾌한 이름이 아니다. 그런데도 이를 선선히 받아들이는 찌아찌아족은 참으로 온유한 사람들이로구나 하는 생각이 든다.

여하튼 인도네시아어와 찌아찌아어를 배우는 일은 재미있다. 하지만 한글을 멀리하려고 결심한 것은 아니었으나 수업 시간을 제외한 일상생활에서는 자제하게 되었다. 그러나 혼자인 저녁시간이 되면 어김없이 책 생각이 간절해진다. 이곳에 있는 한글로 된 책이라고는 한국어 교과서 아니면 한글 참고서뿐이니 말이다.

매일매일 한글을 가르치면서,
한글로 된 우리 책이 몹시 읽고 싶었다.

나는 어렸을 적에 취미가 무엇인가를 묻는 질문이나 설문지에 늘 '독서'라고 답하곤 했다. 그러나 지금은 그렇게 대답을 하거나 써 넣으면 아직도 이런 사람이 있나, 하는 생각이 들 정도로 독서는 진부한 취미가 되어 버렸다. 어쩌면 독서 자체를 진부하게 느끼는지도 모르겠다. 그러나 나는 집 안 곳곳에 책을 놓아두고 손에 잡히는 대로 읽거나 주말이 되면 서점에서 신문에 소개된 신간 도서를 고르는 일이 큰 즐거움이었다. 그러나 이곳에서는 도무지 접할 수 있는 기회가 없다.

옷이나 생필품 같은 것은 집에 부탁해서 가끔 보내오기도 하는데 책은 왠지 미안해서 쉽게 부탁하기가 어려웠다. 무게는 왜 또 그렇게 많이 나가는지. 사실 책값보다 화물비가 훨씬 웃돈다. 한국에서 여기까지 보내는 항공 화물비는 상상 이상이니까.

그뿐인가. 원하는 물건을 전달받기까지는 3주 정도 걸린다. 항공 화물이 3주나 걸리다니……. 그래도 보내 준 물건이 온전히 내 손에 들어오면 다행이다. 간혹 박스가 뜯긴 채 오는 경우가 많기 때문이다. 그럴 경우에는 한눈에 딱 봐도 박스를 다시 싸맨 흔적이 남아 있는데 물품을 확인해 보면 역시 한두 개가 비어 있다. 그나마 다행인 건 여러 개인 물품 중 한둘이 사라진다는 것이다. 하나밖에 없는 물건이 사라지면 낭패지만 여러 개 있는 것 중에 한둘이 사라지는 것이니 그것만으로도 감사해야 하는 일이라는 걸 이제는 깨닫는다.

그러다 보니 본의 아니게 한글로 쓰인 것을 보면 그게 무엇이든 간에 군침을 흘리고 본다. 한번은 한국에서 취재하러 온 YTN 기자에게 부탁해서 얻은 신문과 시사 주간잡지를 달달 외울 정도로 몇 번씩이나 읽었다. 오죽하면 한국에 돌아가면 꼭 읽고 싶은 도서 목록을 기록하는 게 일이었을까.

11세기 초, 페르시아 총리 압둘카셈 이스마엘은 책과 헤어지기 싫어서 여행을 할 때면 11만 7000권에 달하는 책을 400마리의 낙타에 싣고 다녔다고 하는데 지금 나는 그가 부러워서 죽을 지경이다. 나에게도 '400마리의 낙타'가 있었다면 얼마나 좋을까. 물론 나의 낙타는 사막이 아니라 바다를 건너야 하는 수고로움 때문에 곤혹스러웠겠지만 말이다.

한글 동지
아비딘

아비딘은 내가 부톤 섬에 머무는 동안 한글을 논할 수 있는 거의 유일한 친구이자 '한글 동지'이다. 소탈하고 성실한 아비딘은 소라올리오 까르야바루 초등학교 가까이에 살았는데 수업이 끝나면 나는 자연스럽게 그의 집을 방문하기도 했다.

《바하사 찌아찌아 2》교재 편찬 작업은 주로 내가 있는 숙소에서 이루어졌지만 소라올리오에서 수업이 있거나 특히 교사 양성 과정 수업이 있는 날에는 아비딘의 집을 자주 드나들었다.

아비딘의 집은 찌아찌아족 대부분의 집처럼 담이 없었다. 간단히 집 구조를 설명하자면 우선 현관을 들어서자마자 거실과 두 개의 침실이 있다. 방과 방, 거실의 경계는 이불 호청 같은 천으로 나뉘어 있고 각각의 공간은 세 사람 정도 앉으면 꽉 찰 정도로 좁았다. 물론 인도네시아는 국민소득이 낮아서인지 공무원의 집이라 해도 텔레비전과 나무로 짠 침대 외에는 이렇다 할 가전제품과 가구는 보이지 않았다.

방 뒤쪽으로는 부엌이 연결되어 있고 부엌은 또다시 뒤란으로 연결되어 있는데 부엌 한쪽 구석에 화장실이 있었다. 벽돌로 간신히 구분해 놓긴 했지만 화장실은 지붕도 없고 문도 허술해서 화장실에 앉아 있으면 부엌에서 무얼 하는지 부엌에 있으면 화장실에서 어떤 상황이 벌어지고 있는지 적나라하게 드러나는 구조였다. 특히 화장실 문은 잠금장치가 없고 문에 끈만 하나 달랑 달려 있다. 그나마도 왜 이리 짧은지, 쪼그리고 앉은 채로 팔을 쭉 뻗어서 간신히 끈을 잡고 있으면 자세가 참으로 해괴망측해진다. 태권도 기마 자세도 아닌 것이 엉거주춤한 채로 볼일을 보려니 불안하기도 하고 여하튼 이만저만한 고문이 따로 없다.

한번은 화장실 때문에 큰 낭패를 본 적이 있었다. 찌아찌아족 축제 날이었다. 아비딘이 자기 집에서 식사를 하고 시간에 맞춰 마을회관에 구경을 가자고 제안을 했다. 아비딘의 아버지는 찌아찌아족의 족장이었는데 몇 해 전에 돌아가시고 지금은 아비딘이 찌아찌아족의 각종 행사 등 많은 일에 참여하고 있었다. 나는 아비딘의 제안에 흔쾌히 응하고 아침 일찍 그의 집을 찾았다. 그런데 푸짐하게 식사를 하고 느긋하게 차를 마시며 축제를 기다리고 있는데 배가 살살 아프기 시작했다. 아침부터 기름진 음식을 너무 많이 먹은 까닭이었다. 참을 수 있는 상황은 아닌 듯하여 화장실에 가려고 부엌에 들어섰는데 이게 웬일인가. 부엌에는 동네 아낙이 다 모였는지 지지고 볶고 음식 준비로 부산스러웠다. 여러 번 드나든 덕분에 이 집의 구조를 너무 잘 알고 있는 나로서는 그 많은 아낙네의 주목을 받으며 화장실에 들어서는 것도 그렇고 들어간 다음도 보통 문제가 아니어서 그대로 포기하고 나올 수밖에 없었다. 대신 그 길로 온 동네를 다 뒤지고 다녔는데 결국 학교에서 일촉즉발의 위기를 간신히 넘겼다. 하마터면 찌아찌아족의 축제날, 눈 뜨고 악몽을 꿀 뻔했다.

그래도 나는 아비딘의 집이 참 좋다. 어머니와 아내 그리고 두 명의 사내아이, 곧 태어날 셋째까지. 교육자로서 자부심도 있고 한 가정의 가장으로서 즐겁게 사는 아비딘 선생은 그 누구보다 행복해 보였다. 아비딘과 그의 아내는 뱃속의 아기가 딸이었으면 좋겠다고 종종 말하곤 했다. 이미 아들 둘을 뒀으니 딸을 기대하는 것이야 당연지사겠지만 아들이 못 말리는 장난꾸러기라는 것도 어여쁜 공주님을 바라는 마음에 한몫했지 싶다.

큰아들 에디는 일곱 살인데 얼마나 장난꾸러기인지 모른다. 담장 위를 아슬아슬하게 걸어 다니기도 하고, 모두가 길을 걸어갈 때면 혼자서 길옆 조그만 도랑으로 걸어가 옷을 다 버린다. 가끔은 야자나무에 올라가 나뭇가지에 대롱대롱 매달리기도 한다. 요 녀석, 정말 한시도 눈을 뗄 수 없다. 아무리 주의를 주어도 눈을 초승달처럼 뜨고 생글생글 웃으면서 알았다고 하는데 당연히 그때뿐이다. 영락없는 미운 일곱 살이지만 그래도 미워할 수 없는 귀여운 찌아찌아족 꼬맹이다.

나는 가족과 떨어져 혼자 생활하고 있기에 더 애틋한 마음이 들어서인지 모르지만 아비딘이 가족과 화목하게 지내는 모습을 보면 마치 가

아비딘 선생과 두 아들, 일곱 살 에디는 영락없는 '미운 일곱 살'이다.

슴에 모닥불을 지핀 것처럼 온몸이 따뜻해지곤 했다.

아비딘은 내가 찾아가면 "선생님, 자감_{잠깐}만요" 하고는 뒤란으로 가 끌라빡_{코코넛}을 두세 개 따온다. 그리고는 바랑이라는 정글 칼로 구멍을 내서 먹기 좋게 다듬어 준다. 예사 솜씨가 아니다.

끌라빡은 스포츠 음료와 비슷한 맛이 나는데 약간 밍밍하다. 그리고 안쪽에 있는 연한 과육은 숟가락으로 긁어 먹으면 단맛과 고소한 맛이 동시에 나고 허기를 채워 줘 제법 요기가 된다. 이곳에서는 끌라빡이 제일 싼 과일이고 지천으로 널려 있어서 흔하지만 신이 주신 선물이라고 불릴 만큼 그 쓰임새가 참으로 다양하다. 과육은 말려서 과자 재료

로 사용하고 아이스크림과 디저트 요리로도 쓰인다. 코코넛 기름으로
는 각종 소스 재료와 식용유를 만들기도 하고 비누, 화장품의 원료로
쓰기도 한다. 열매를 감싸고 있는 섬유 층은 카펫이나 산업용 로프, 차
량 시트 등을 만드는 데 쓰고 단단한 껍데기는 생활용품이나 공예품의
재료로 사용한다. 과육을 짜고 난 나머지는 동물 사료로, 껍질은 땔감
으로 쓴다.

내가 자주 찾았던 엘랑이 시장이나 이누그라하 시장에 가면 끌라빡
과육을 말려서 가루로 만들어 파는 모습을 종종 볼 수가 있는데 주인
에게 "이것으로 무엇을 만들어요?" 하고 물어보면 쉽고 간단하게 대
답한다.

"꾸에."

'꾸에'는 과자라는 뜻인데 나중에 학교 선생님에게 들은 바로는 과
자뿐만 아니라 빵도 만들고 잔치 때는 여러 가지 먹을거리의 재료로
사용한다고 한다. 나는 과자를 굽거나 빵을 만들진 않겠지만 가끔 수
저로 떠먹을 요량으로 끌라빡 한 봉지를 샀다. 물론 가루로 된 끌라빡
은 어떤 맛일까 궁금했지만 귀찮게 이것저것 물어 보고 사진도 마음껏
찍은 마당에 아무것도 사지 않으면 그건 신사로서의 도리가 아니라고
생각하기 때문이다.

그런데 문제가 하나 있다. 이렇게 신사로서의 도리를 지키며 지낸
흔적이 숙소에 가면 한 보따리라는 것이다.

영혼을 조각하는 사람

"교사는 학생의 영혼을 조각하는 사람이다."

독일의 교육학자 슈프랑거가 이렇게 말했다. 이 말은 거짓이 아니다. 그리고 곰곰이 씹어 보면 참으로 무서운 말이다. 영혼을 조각하다니! 사실 나는 요즘 이 말을 실감하고 있다. 학생들과 수업할 때가 가장 즐거우면서도 가끔 무서울 때가 있기 때문이다. 내가 글씨를 틀리게 쓰면 틀린 것까지 아이들이 그대로 따라 쓰니 정신을 바짝 차려야 한다.

사실 이 때문에 소스라치게 놀랄 때도 많다. 아이들은 그야말로 내가 빚은 대로 모양이 나오는 찰흙 같은 존재다. 그러니 긴장하지 않을 수 없고 책임감과 사명감을 갖지 않을 수가 없다. 그럼에도 나는 이곳 부톤 섬에 머물면서 '교사'가 되길 무척 잘 했다고 새삼 깨닫게 되었다. 교사라는 직업은 아주 좋은 일을 하는 직업이다. 세상에는 많은 직업이 있고 그만큼 많은 일이 있다. 그중에서 교사는 사람을 가르치고 변화시키는 일을 한다. 그야말로 깨끗하고 아름다운 영혼과 육체를 지닌 어린 사람들을 만나는 일이다. 함께 마주 보고, 그들의 보폭에 맞춰 같이 걸어가는 일이다.

게다가 나는 간단한 의사소통만 가능할 뿐 영어나 인도네시아어가 유창하지 못하다. 그러면서도 아이들에게 한글과 한국어를 가르치겠다고 덤벼들다니 무모하다고 할 수도 있다. 하지만 유창하지 못하다는 단점을 극복하기 위해서 나는 보다 철저하게 수업 준비를 했고 아이들 곁에 다가가서 서로의 눈을 마주 보며 이야기하려 했다.

그리고 어느 순간부터 아이들이 공부하는 책상 제일 뒤편에 의자와 책상을 놓아 두었다. 나에게만 보이는 내 유년의 자리인 셈이다. 내가 교단에서 학생들을 가르칠 때 어린 나는 조용히 작은 의자에 앉아 공부를 한다. 어린 나는 연필을 꼭 쥐고, 공책위에 '가, 나, 다, 라' 한 글자 한 글자 또박또박 써 내려 가고 있다. 다른 아이들과 함께 교사인 내 목소리에 귀를 기울이며 영혼을 다듬어 간다. 내가 어린 나를 앉히고 수업을 하니 어느새 나는 교사이며 동시에 어린 학생이기도 하다.

사실 우리는 저마다 누군가의 제자이면서 동시에 누군가의 스승으로 살아가고 있다. 누군가의 스승이라는 사실이 우리를 올바른 길을 걸어가게 한다. 인도네시아에 온 초보 교사가 어린 나의 스승이 되어 가르치고 있으니 나는 지금 방심할 틈이 없다. 우리 반 모든 아이의 얼굴은 유년시절의 내 모습과 똑같기 때문에 어느 하나 놓칠 수가 없는 것이다.

교사에 대한 평가는 당장에 이루어지는 것이 아니라 미래의 어느 시

여름, 한글 새싹이 자라다

아이들을 가르치면서 가장 많이 배우는 건 바로 나 자신이다. 가르친다는 일은 얼마나
보람되고 가치 있는가.

고된 타향살이에 힘이 되어 준 어린 영혼들.

점에 이루어진다고 한다. 아이들은 정직하다. 배운 대로 행동하고 받은 만큼 갚는다. 교사는 아이들의 마음 밭에 정신의 씨를 뿌리는 사람, 사랑의 씨, 친절의 씨, 성실과 겸손의 씨, 우정과 봉사의 씨를 뿌리고 또 뿌리는 사람이다. 씨앗은 당장 싹이 트지 않는다. 싹이 튼다 하더라도 꽃과 열매를 보려면 많은 날을 참고 기다려야 한다. 오랜 세월이 지나 그 씨앗은 아주 아름다운 나무가 되어 교사에게 돌아온다. 오늘 내가 뿌린 씨가 쉽게 싹이 나지 않는다 해도 언젠가 크고 우람한 나무로 자라나 내가 뿌린 씨앗이 엄청나게 많은 열매가 열리는 나무가 될 것을 믿어 의심치 않는다.

한글도 마찬가지다. 나는 아이들의 마음 밭에 한글이라는 씨앗을 뿌렸다. 그러므로 나는 지금 인도네시아 아이들에 비친 내 모습을 의심하지 않는다. 다만 '한글'이라는 씨앗이 잘 자라서 삶의 토양을 비옥하게 해 주길 바랄 뿐이다.

이들이 잘 자라나서 나라의 동량이 되어 정의롭고 잘사는 인도네시아를 만들기를, 그리고 한국과 좋은 관계를 맺어 서로 좋은 영향을 주고받는 사이를 만들어 가기를 빌어마지 않는다. 늦게나마 이런 점에 대해 눈뜨게 되었다는 건 또 얼마나 고맙고 감사한 일인가.

인도네시아의
겡시 문화

이곳의 물가는 한마디로 말하기가 어렵다. 돈의 값어치는 한국과 1대 7 정도인데 물가가 한국보다 7분의 1 정도로 싸냐면 그건 또 아니다. 이곳에서 직접 생산되는 농산물은 대체적으로 저렴하지만 배나 비행기를 타고 건너온 과일이나 채소 등은 매우 비싼 편이다. 또 제대로 된 공장이 없다 보니 공산품은 대부분 뭍으로부터 수입해서 쓰는데 그 가격이 또한 만만치 않다. 축구공, 신발, 안경, 옷 등에는 유통비용이 붙어 우리나라와 별반 차이가 없기 때문이다.

한번은 학교에서 돌아오는 길에 과일 가게에 들러 포도 두 송이, 오렌지 다섯 개를 샀는데 16만 루피아를 치렀다. 우리나라로 치면 2만 원이 조금 넘는 돈이니 과일값이 정말 만만치가 않다. 포도가 두 송이여서 한 송이를 아망더러 가져가라고 했더니 망설임도 없이 큰 것을 집어 든다. 나는 당연히 조그만 포도를 집을 줄 알았는데 말이다. 민망할까봐 웃으면서 말했다.

찌아찌아 마을의
한글 학교

"왜 네가 큰 걸 가져가?"

그랬더니 자기는 식구가 많단다. 말 된다.

물가는 호텔이라고 해도 예외가 아니다. 호텔은 대부분 1층 아니면 2층인데 우리나라의 연립주택이나 여관 정도를 생각하면 얼추 비슷하다. 이곳 사람들은 생일잔치를 호텔에서 하기도 한다.

내가 생각하기에는 고즈넉하고 낭만적인 바닷가 근처에 식당도 있고 고고한 역사가 숨 쉬는 유적지 부근의 드넓은 잔디밭과 식당도 즐비한데 왜 굳이 우중충하고 답답한 여관호텔이라고 간판은 내걸었지만에 둘러앉아 하는지 이해가 가지 않았다.

그런데 나중에 알고 보니 이곳 문화 중에 '겡시'라는 것이 있다고 한다. 우리말로 하면 과시, 체면이란 뜻인데 가까운 거리도 인력거나 차를 이용하고, 아무리 가난해도 예식은 성대하게 치르고 싶어 하고, 기념할 만한 일이 있으면 주위 사람을 초청해서 거하게 즐기는 거라고 한다. 아마도 이 겡시 때문에 상류층이나 외국인이 사용하는 호텔에서 생일잔치를 해야 폼 난다고 생각하는지도 모르겠다.

어쨌든 호텔은 이곳 서민이 평소에 잘 이용하지 않고 가끔 생태 연구를 하러 오는 유럽 학자나 외국 기업에 종사하는 사람들이 출장 때 이용한다. 그렇기 때문에 이곳 물가와는 상관없는 가격이 호텔에 형성되어 있다. 호텔 숙박비는 우리나라 돈으로 하룻밤에 3만 원에서부터 10만 원 정도. 서비스나 시설, 음식 등의 질로 보아 우리나라의 호텔에 비해 결코 싸지 않은 가격이다. 이곳의 공무원이나 직장인의 월급은 20

~40만 원 정도, 노동자의 임금은 대중없지만 15만 원 정도니 말이다.

그러나 나는 이곳에 머물면서 인도네시아 사람들과 껭시 문화가 얼마나 밀접한 관련을 맺고 있는지 실감하게 되었다. 나는 일주일에 적어도 서너 번은 산책을 하는데 여유가 있고 날씨도 좋으면 갈 때 올 때 다 걷고 그렇지 않을 때는 갈 때든지 올 때든지 한 번은 버스를 탔다. 게다가 날씨가 좋으면 배를 타고 가까운 섬에 가서 그곳에서 걷기도 했다. 길가에서 놀던 아이들은 나를 발견하면 대부분 "미스테르~" 하면서 달려와 악수를 청한다. 어떤 경우에는 나를 보고도 다가오지 않고

딱총을 가지고 전쟁놀이를 하는 마카사르 섬 아이들. 배를 타고 20분 정도 가면 마카사르 섬에 도착하는데 걸어서 두 시간이면 섬을 한 바퀴 돌 수 있다.

찌아찌아 마을의
한글 학교

사라지는데 조금 있으면 가족이나 친구들을 데리고 저만치서 나타나 있다. 어른들도 손을 흔들며 "미스테르" 하고 부른다. 가끔 악수도 청한다. 나무 밑에서 잠깐 쉴 때면 금세 몇 사람이 모여 말을 건네 온다.

"어느 나라에서 왔어요?"

"어디에서 출발해서 걷고 있어요?"

"어디로 가는 중이에요?"

"왜 걷는 거예요?"

간혹 "이곳에서의 생활이 만족스러워요?" 하고 묻는 사람도 있다. 그러나 대체적으로 내가 걷는 것을 이해하지 못하는 듯한 표정이다. 차가 없으면 버스라도 타지 힘들지 않느냐? 우리 집에 오토바이가 있는데 태워줄까? 뭐 그런 반응이다.

내가 건강도 챙기고 이것저것 구경하려고 걷는다고 하면 '오' 하고 알겠다는 듯이 대답하지만 결코 이해하는 표정은 아니다.

나와 이야기하면서 그들은 세 번 놀란다.

첫째는 한국 사람이라서 놀란다. 처음 본다면서. 둘째는 어디까지 걷느냐고 묻는데 내가 약 10킬로미터 정도 떨어져 있는 마을을 얘기하면 놀란다. 탄식 비슷한데 '오 마이 갓' 정도 되는 것 같다. 셋째는 이곳 고등학교와 초등학교 선생님이라고 하면 꽤 놀란다.

한국 사람을 처음 보는 것도 놀라운데 여기서 선생님을 한다니 신기할지도 모르겠다. 이들은 자신이 동경해 마지않는 한국이라는 나라에서 온 선생님이 걷느라 고생하는 것을 안타깝게 생각하는 듯하다.

여름, 한글 새싹이 자라다

이곳에서는 잘사는 사람은 사업가나 고위관리인데 이들의 공통점은 대부분 배가 나왔다는 점이다. 그래서 제복이나 전통 의상 '바틱'을 입으면 대부분 비슷비슷하게 보인다. 상체를 뒤로 젖히고 윗도리가 약간 들뜬 모습이니 말이다. 이를테면 배가 나온 것은 사회의 상위 계층임을 나타내는 증거 같은 거다.

그러니 잘사는 나라에서 온 선생님이 마른 몸에 그나마도 배가 꺼지도록 걷고 있으니 그들이 이해하지 못할 만도 하겠다. 다들 비싼 밥 먹고 왜 그 고생을 하느냐는 눈치다. 가까운 거리도 걷지 않고 교통수단을 이용하는 '겡시' 덕분에 그들이 쉽게 납득할 만한 산책의 이유를 몇 개 만들어 봐야 할 것 같다.

그나저나 이 사람들, 한국 오면 깜짝 놀라겠다. 인도네시아의 겡시 문화를 배반하는 다이어트가 충격적일 테니 말이다.

잠시 귀국,
쉼표를 찍다

비자 갱신 때문에 귀국하기로 했다. 이것은 출국할 때부터 이미 예정되어 있었던 일이다. 그러나 인도네시아에 머문 두 달 동안 비자 갱신이 이루어졌다면 아마 이곳 방학이 시작되는 6월 말쯤 귀국하게 되었으리라.

방학 시작 전까지는 수업의 손실을 없애기 위해 비자 갱신에 애를 썼고 비자 연장을 하는 방법도 생각했지만 여기 공무원을 통해서 비자 업무를 진행하는 것은 생각보다 어려움이 많았다. 하는 수 없이 자카르타에 있는 비자 대행업자에게 맡겼는데 이전보다는 훨씬 일의 진행이 눈에 보여 다행이었다.

사실 비자 문제 때문에 골치가 좀 아팠다. 내 비자 서류 때문에 자카르타에 간다며 공무원이 한밤중에 찾아와 돈을 요구하기도 했으니 말이다. 그날 밤을 생각하면 솔직히 지금도 머리가 지끈거린다.

얼마 전, 늦은 저녁이었다. 누가 문을 두드리기에 나가 보니 어떤 시

커먼 남자 한 명이 서 있었다. 밤중이라 더욱 검게 보이는 그 남자는 자신을 경찰이라고 소개했다. 그 사내는 내가 메일로 보낸 보건복지가족부 산하 '청협'이라는 단체에서 보낸 파일이 열리지 않아서 직접 복사하러 왔노라고 했다. 이 시간에는 인터넷 연결이 안 되지만 마침 바탕화면에 띄어 놓은 것이 있어 USB에 복사해 주었다. 그런데 고맙다고 하면서도 영 돌아갈 생각을 하지 않았다. 그러면서 의자를 청해 앉더니 자신이 내일 내 비자 발급에 필요한 서류를 가지고 '자카르타'에 출장을 간다는 것이다. 그제야 어떤 내용인지 짐작할 수 있었다.

나는 열흘 전 자카르타에 있는 비자 대행업체에 비자 발급 업무를 대행시켰고 그 회사에서는 나와 바우바우 시에 각각 필요한 서류를 요청했는데 이 경찰 공무원은 그 서류 때문에 자카르타에 출장을 간다는 얘기였다. 그런데 이메일이나 팩스 등으로도 충분히 해결이 가능하고 오히려 나 같은 경우는 여권 복사분과 사진을 '띠끼 택배'로 보내야 할 입장이었다. 그래서 메일이나 팩스로 다 가능할 텐데 자카르타까지 가려느냐고 했더니 다른 일도 볼 겸 간다고 했다. 그리고 어김없이 여비가 충분치 않다는 한마디도 덧붙였다.

가슴이 답답해졌다. 이곳에서의 체류비가 예상외로 많이 들어가기도 하거니와 돌아가는 비행기 표를 끊고 나니 며칠 동안의 생활비가 아슬아슬했던 것이다. 설사 여유가 있다 한들 이런 요구를 일일이 다 들어 주어야 하는가 하는 자괴감이 들기까지 했다.

이럴 때 어떤 선택을 해야 할 것인가. 대의를 위해서 작은 부조리와

경찰은 가끔 숙소를 방문해 이마에 흉터는 총을 맞은거라면서 묻지도 않은 말을 친절하게 하면서 불편한 일은 없느냐고 물어 보며 나를 불편하게 만들곤 했다. 걱정해 줘서 고맙다고 말하며 양해를 구하고 촬영을 했다.

는 타협을 해야 할 것인가, 아니면 순조로운 진행에 차질을 빚고 길을 돌아가더라도 부조리와는 타협하지 말아야 하는가. 내가 별다른 반응을 보이지 않자 하릴없이 돌아가겠다는 말을 남기고 어둠 속으로 사라진 경찰 공무원의 뒷모습을 바라보며 마음이 무거워졌다.

내가 찌아찌아족을 위해 무보수로 봉사하러 왔다는 명제 자체를 그는 부정하고 있는지도 모른다. 어쩌면 '봉사라는 건 당신의 생각이고 나는 당신의 봉사를 원한 적이 없다'고 속으로 말하고 있는지도 모른다. 다만 내가 느끼기에는 그는 '당신의 업무를 돕기 위해 출장을 가는데 잘사는 나라에서 온 사람이 어떻게 나의 요청을 거절하느냐'고 말하는 것만 같았다. 이 나라에서는 이런 것이 관례화되어 있는지도 모르겠다.

사실 그뿐만이 아니었다. 한국 보건복지부 산하 청년협의회에서 세계 청소년 대회를 하는데 찌아찌아 학생을 꼭 초청하고 싶다고 공식 문서를 보내온 적이 있었다. 나는 이 문서를 시에 보내면서 아비딘을 비롯한 관계있는 사람에게 전달해 달라고 했다. 그런데 보내기는커녕 아비딘이 내게 전화했을 때 공문을 받았는지 물었더니 그런 적이 없다고 했단다.

이런 사람에게 그동안 한국에서 비자 발급을 위해서, 훈민정음학회 일을 하기 위해서 수도 없이 통화하고 메일을 보낸 것이 결국 '쇠귀에 경 읽기'였던 것이다. 결국 어려움이 많았지만 나의 조기 귀국은 결과적으로는 잘된 것이었다.

6월 21일부터 방학이 시작되면 '한글 교사 양성 과정'을 시작하기로 한 것이다. 억지로 비자를 연장시켜 방학 시작 전까지 수업을 하고 방학에 맞춰 귀국했더라면 '한글 교사 양성 과정'이 힘들 뻔했다.

장소는 바우바우 시내의 관공서, 소라올리오의 까르야바루 초등학교 정도를 생각하고 있는데 일장일단이 있다. 관공서는 환경에 대한 호감이나 분위기 쇄신을 위해서도 그렇고 일단 시설 면에서는 좋은 편이다. 그러나 접근성이 떨어져서 교통편에 어려움이 많았다. 그리고 까르야바루 초등학교는 접근성에서는 매우 양호하나 시설도 낙후되어 있고 주변에 이렇다 할 가게나 식당 등 편의 시설이 없어 이 학교로 결정하는 것은 방학 동안 쉬지도 못하고 교육에 임해야 하는 교사들에게는 퍽 미안한 일이었다.

모집 인원은 약 스무 명 정도를 예상하고 있는데 매우 적당한 숫자다. 한글 교사 양성 과정은 1년에 2회 방학 동안 실시할 예정이며 가능한 한 수업 집중 제고를 위하여 계획과 실행을 알차게 할 생각이고 평가를 통해 우수한 교사에게는 수상할 계획도 세웠다. 물론 이들이 양성 과정을 수료했다고 해서 당장 한글 교사로 활동하기에 충분한 자격을 갖추었다고 보기는 어렵다. 다만 지속적으로 교육을 통해 한글 실력을 키우고 교사들도 교사이기 이전에 찌아찌아족의 한 사람으로서 공식 문자인 한글을 제대로 알고, 이해하고, 실생활에 쓸 수 있도록 하는 데 그 목적이 있었다. 특히 학생들은 이미 한글을 사용하는데 교사들이 몰라서야 제대로 된 보급이 이루어질 수 없기 때문이다.

아무튼 이번 한글 교사 양성 과정은 한글 교육, 교과서 편찬, 찌아찌아어 사전 편찬과 함께 4대 교육 목표로 삼아 진력할 생각이다.

그런데 내가 잠시 귀국한다니 다들 아쉬운 표정이다. 나만큼 아쉬울까. 불과 두 달 정도 있었을 뿐인데도 오랜 세월 이곳에 머물렀던 것처럼 애틋하다. 뜨거웠던 태양도 거칠었던 음식도 당분간 이별이라고 생각하니 전혀 뜨겁게도 거칠게도 느껴지지 않았다.

비자 때문에 잠시 한국에 다녀온다고 인사를 했더니 제1고등학교 선생님들은 오는 길에 선물로 비누를 가져다 달라고 했다. 일어 선생님은 가라데 도복을 사다 달라고 하고, 과학 선생님은 미백 기능이 있는 화장품을 사다 달라고 했다. 아망은 인삼차는 싫다며 꼭 인삼을 사다 달라고 했고, 호텔 식당 주방장 네스는 기침이 멎는 약을, 주방 직원 예터는 예쁜 티셔츠를 원했다. 그 외 사람들도…….

인도네시아 속담에 '애도 낳기 전에 사돈 맺는다'는 말이 있는데 선물을 사다 달라는 사람들의 표정은 이미 원하는 것을 손에 넣은 사람들처럼 입이 귀에 걸렸다. 처음 두세 사람이 선물을 원했을 때는 웃으면서 알겠다고 했다. 그런데 대여섯 사람이 선물을 사오라고 했을 땐 '이 사람들이 나에게 선물을 사다 달라고 할 만큼 스스럼없는 사이인 가'를 생각하게 되었고, 열 명이 넘자 사람과 선물의 명단을 적어야겠 다는 생각이 번뜩 들었다. 그리고 스무 명이 넘어가고 나서야 이것이 이들의 문화라는 것을 알게 되었다.

안녕하세요,
세종대왕님!

나는 평소에 광화문을 자주 찾곤 했다. 무슨 약속이든 누구를 만나든 약속 장소는 언제나 광화문으로 정할 정도로 나는 광화문을 참 좋아한다. 물론 광화문은 특별히 만날 사람이 없어도 아무 때나 혼자 찾아도 충분히 분주하고 설레는 곳이다.

인도네시아에서 돌아와 예전처럼 광화문을 한가롭게 거닐고 있으니 정말 귀국했다는 게 실감나기 시작했다. 인도네시아에 몇 달간 다녀왔던 게 꿈같이 느껴질 정도였다.

혼자서 광화문을 서성거리다가 세종대왕상을 향해 걸었다. 세종로 사거리에서 광화문을 정면으로 보면 근정전과 청와대가 보이는데 바로 이곳에 세종대왕상이 있다.

나는 불과 몇 달 전에도 이곳을 찾아왔던 적이 있다. 남들이 볼 때는 조금 호들갑스럽다고 할지 모르겠으나 인도네시아로 떠나기 전 세종대왕을 꼭 찾아뵈어야 할 것만 같은 느낌에 무작정 그랬던 것이다. 이를테면 제갈공명이 남만으로 원정을 떠나기 전 황제 유선에게 올렸던 출사표 같은 거랄까.

그때 나는 세종대왕상 앞에 서서 고해 올렸다.

"인도네시아 부톤 섬에는 찌아찌아족이 살고 있습니다. 그들은 말은 있지만 글이 없다고 합니다. 그래서 찌아찌아족은 그들의 글로 된 동화책이 없고, 연애편지도 쓸 수가 없다고 합니다. 자신들의 말을 지키기 위해 로마자, 히라가나 등 많은 문자를 사용해 보았으나 한글이 찌아찌아족 말에 가장 적합했다고 합니다.

훈민정음은 1997년 유네스코 세계 기록 문화유산에 등재됐고 유네스코는 '세종대왕 문맹 퇴치상'을 제정하기도 했는데 그 대단함을 찌아찌아족과 함께 나누기 위해서 갑니다."

혼자 숙연해져서 마음속으로 출사표를 올리는데 세종대왕은 당연히 아무 말씀도 없으셨다. 사진을 찍고 구경하는 많은 사람들에게 둘러싸여 인자하게 웃고만 계실 뿐. 그러나 그 인자한 웃음도 그날만큼은 나만을 향한 것이라고 생각하며 힘을 얻고 돌아섰다.

그리고 지금 나는 그간 인도네시아에 있었던 일을 또다시 고해 올렸다. 인도네시아 부톤 섬에 사는 찌아찌아족 어린아이들이 한글을 쓰고 있다고, 얼마나 예쁜지 모른다고. 그렇게 제자 자랑을 한참 늘어놓는데 세종대왕은 그때와 변함없이 똑같이 웃고 계셨다.

세종대왕을 뵙고 나서 비로소 홀가분한 마음으로 광화문을 거닐었다. 혼자 나온 터에 마음껏 구경하리라 생각하고 이쪽저쪽 골목까지

찌아찌아 마을의
한글 학교

광화문 세종대왕상. 현재 내 인생의 많은 부분도 세종대왕 덕으로 채워진 것이 아닐까 싶다.

훑고 다녔다. 인도네시아에 있을 때 눈을 감으면 광화문의 좁은 골목까지도 세밀하게 그릴 수 있을 정도였다.

광화문을 바라보면 우측으로 조선 시대 망루인 동십자각이 사거리 한가운데에 섬처럼 서 있다. 광화문과 동십자각 사이 경복궁 담장과 아름드리 가로수를 옆에 끼고 삼청동으로 향하는 길은 늘 고적하다. 삼청동 길에서 큰길로 다시 나와 동쪽으로 계속 걸어가면 풍문여고가 나오고 조금 더 가면 지금은 현대그룹 본사가 있는 자리가 나오는데 1970년대 후반까지는 그곳에 모교가 있었다. 우리 교실 창문에서는 창덕궁이 훤히 내려다보였는데 창덕궁의 후원금원, 비원은 일제 강점기 때 일제가 붙인 이름의 사계절을 감상하며 나는 학창 시절을 보냈다.

국어 선생님은 우리에게, "네가 앉은 자리는 정지용이 앉았던 자리

다, 김유정의 자리였어, 영랑이 공부하던 책상이다"라고 말씀하시곤
했는데 정말로 그랬는지는 확인할 수 없었지만 자랑스럽고 신기하게
생각했다.

다시 광화문으로 돌아와 남쪽으로 걸었다. 광화문 지하도 남서쪽 출
구를 나와 동화면세점 앞 건널목을 건너면 조흥은행 금융박물관 앞 작
은 광장에 이르는데 이곳이 서울과 국내외 주요 도시 사이의 거리를
표시하는 기준점인 '도로원표道路元標'가 있는 곳이다. 보통 지방에서
"이곳에서 서울까지 몇 킬로미터"라고 할 때 그 '서울'이 바로 여기다.

이왕지사 서울 기준점이 나왔으니 밝혀 두자면 서울에서는 부산보
다 신의주가 더 가깝다. 약 100킬로미터 정도. 그러면 서울에서 평양
과 강릉은? 당연히 평양이 더 가깝다. 각각 193킬로미터와 219킬로미
터. 이 사실을 알았을 때 속으로 깜짝 놀랐다. 당연히 부산과 강릉이 더
가까울 것이라 생각했는데 신의주와 평양이 더 가깝다니! 실제 거리와
의식 속의 거리, 분단은 여러모로 무섭고 커다란 경계를 마음속에 새
가 놓았다.

건너편 광화문 네거리에는 지금은 문화재이자 미술관으로 변신한
노란 동아일보 사옥이 있고, 그 옆 광화문 우체국과 나란히 공안과 건
물이 있는데 그곳 8층과 9층에는 1970년대 초 한 시대를 풍미했던 포
크 듀오 '사월과 오월'의 백순진과 김태풍의 사무실이 위아래로 사이
좋게 자리하고 있다.

순진이 형은 찌아찌아족의 한글 나눔 사업을 자기 일처럼 좋아하고

알게 모르게 도와주었다. 귀국해서 광화문에 나온 김에 만나 이런저런 얘기를 나누었는데 형이 나에게 물었다.

"자네는 전공이 뭐였더라."

"무역이죠."

"무역? 그런데 어떻게 한글 선생을 하나? 전공하고는 길이 다르지 않나?"

"그게 말입니다. 꼭 그런 건 아닙니다. 요즘 신문을 보면 인도네시아 찌아찌아족이 한글을 받아들인 것을 보고 한글 수출이라고 하지 않습니까."

"그렇지."

"무역이 뭡니까? 수출하고 수입하는 거잖아요. 그러니 전공 살린 셈이죠."

말장난에 불과했지만 전공을 살려 문화 수출의 선구자가 된다면 얼마나 좋은 일인가. 한글의 우수성을 알림으로써 우리 문화의 우수성도 전 세계에 알리는 데 일조하고 싶다는 계획도 가지고 있는데 우선 찌아찌아족과의 현명한 '무역'을 좀 더 신경 써야겠다.

연인과 함께 걸으면 헤어진다는 덕수궁 돌담길을 따라 걷다 보면 근현대의 공존이라 불릴만한 세계가 펼쳐진다. 이곳은 오래 된 건축물이 많다. 큰길가에서 조금 들어왔을 뿐이지만 다른 세계에 온 것 같은, 설레면서도 한편으로는 차분해지는 느낌이 든다.

돌담길을 따라 걷다 보면 정동교회가 보이고 그 앞엔 조그만 노래

비가 있다. 〈광화문 연가〉 노래비. 아름답기도 하고 슬프기도 한 노래 〈광화문 연가〉. 대중가요의 노래비가 서울의 중심에 그것도 서울시에 의해 세워진 것이 이채롭다. 자그마한 노래비가 때로는 큰 건물이나 그 어떤 유적지보다도 큰 감흥을 불러일으키기도 한다. 그래도 내게 광화문의 추억은 교보문고 나들이가 가장 큰 기쁨이었다. 주말 신문에서 확인한 신간 도서를 맛보기로 몇 줄 읽고 책 제목을 메모해서 만나러 가는 그 기분이란…….

책을 간택하고 책값을 지불하고 나면 교보문고 안에 있는 식당을 이용한다. 광화문 부근에는 '맛집'이 헤아릴 수 없이 많지만 이날만큼은 즐겁게 포기한다. 음식을 먹으면서 금방 산 새 책을 야금야금 훑어보는 기분 때문이다.

그리고 교보문고에는 나를 즐겁게 해 주는 게 또 있다. 건물 정면에 걸려 있는 '광화문 글판'이다. 광화문 글판은 계절마다 한 번씩 바뀌어 걸린다는데 짧지만 마음에 와 닿는 글이 많았다. 광화문을 오가는 사람들은 누구든지 한 번은 보게 된다. 그중에 오랫동안 잊히지 않는 글이 있다. 2009년 가을편. 장석주 시인의 〈대추 한 알〉이다.

대추가 저절로 붉어질 리가 없다.
저 안에 태풍 몇 개, 천둥 몇 개, 벼락 몇 개

이 글을 읽은 한 주부는 저녁에 들어온 남편의 거나하게 취한 얼굴을 보며 즉석으로 시를 지어 읊었다 하니…….

남편 얼굴이 저절로 붉어질 리는 없다.
저 안에 소주 몇 개, 삼겹살 몇 개, 맥주 몇 개

광화문 구경의 종점은 문구점이었다. 마침 학용품 할인 판매를 하고
있어서 연필을 골랐다. 여학생을 위해서는 예쁜 여자아이가 그려져 있
는 것을, 남학생을 위해서는 멋진 우주 소년이 그려져 있는 것을 샀다.

아이들에게 줄 선물을 사기 위해 들른 광화문 문구 코너

초등학교 졸업 이후에는 연필을 써 본 적도 사 본 적도 없는 것 같은데, 오늘 산 연필을 한 자루씩 나눠 주면 좋아할까?

까르야바루 초등학생은 다양한 필기도구를 사용한다. 연필, 볼펜, 싸인펜 등 가리지 않는다. 연필이 한 자루도 없는 애들이 있는데 그런 애들은 친구랑 번갈아 쓰기도 한다. 내가 어릴 적 예쁜 필통 속에 가지런히 연필, 지우개 등을 넣고 다니던 풍경과는 많이 다르다.

초등학교 때 연필깎이보다 더 예쁘고 마음에 들게 연필을 깎아 주시던 아버지. 다음 날 학교 갈 가방을 챙길 때면 내 연필을 깎는 것은 늘 아버지 몫이었다.

"염려하지 말고 일찍 자거라."

아버지의 말씀에 참 안심이 되었다. 눈을 감고 있으면 쓱쓱 연필을 깎는 소리가 들렸는데 그 소리를 자장가 삼아 잠들곤 했다. 그리고 다음 날 학교에 가서 필통을 연다. 기계보다도 더 정밀하게 깎은 연필이 다섯 자루쯤 가지런히 놓여 있곤 했다.

봉투 한 가득 연필을 사고 보니 까르야바루 아이들의 아빠가 된 것 같아 오늘 따라 인도네시아 생각이 더 간절하다.

다시,
인도네시아로

다시 찌아찌아족을 만나러 간다. 자카르타를 거쳐 마카사르를 찍고 나서 바우바우 시로 향했다. 처음 갈 때는 발리를 찍고 마카사르를 거쳐 바우바우 시로 들어갔다.

사실 자카르타를 경유하면 마카사르에서 하룻밤을 묵어야 하기 때문에 이번에도 발리를 경유해서 들어가고 싶었지만 비행기 표가 이미 한 달 전부터 매진이란다. 성수기에 걸린 탓도 있었지만 그동안 신종 플루와 천안함 사태 등 여러모로 복잡하게 얽혔던 여행 제한 요소가 풀린 까닭이라고 했다. 원하는 코스는 아니었지만 확실히 두 번째는 수월했다. 쩔쩔맬 일이 없다. 도착하자마자 바로 아비딘을 만났다. 아비딘은 반갑게 웃으며 나를 맞아 주었다. 늘 웃는 성실한 모습 그대로였다.

우리 두 사람은 그동안 밀린 이야기로 시간 가는 줄 모른다. 때론 남자의 수다가 여자보다 더할 때가 있다. 물론 우리 수다의 중심은 찌아

오랜만에 돌아온 학교,
반가워하는 아이들.

찌아족의 한글 교육이었다. 아비딘이 물었다.

"선생님, 한글 교사 양성 과정은 언제 해요?"

한글의 확산과 조기 정착을 위해서 한글 교사 양성 과정은 방학을 목표로 진작부터 추진했지만 결국 여러 가지 문제에 가로막혀 실행을 못했던 터였다. 그렇다고 다음 방학까지 무작정 두 손 놓고 두고 볼 수는 없는 노릇이다. 어떻게든 방과 후에라도 해야만 한다고 생각하고 있었다. 물론 걱정이 앞섰다. 부톤 섬에 도착하자마자 나는 이미 몸살 감기로 고생 중이었기 때문이다. 아이들의 한글 수업, 한국어 수업에 더 박차를 가해야 하는데 몸이 잘 따라 줄까? 교사들이 오후 시간에 모여 줄지 여러 가지로 걱정돼, 시작해야 할 일이 망설여졌다.

그러나 갈 길은 꼭 가야만 한다. 아비딘과 나는 일단 강행하기로 하고 바우바우 시 공무원을 참가시켜 협조를 얻기로 했다. 자칫 실수를 하면 다시 추진하기는 몇 배 힘들 수도 있기 때문이다.

아비딘과 뜻을 모으고 바우바우 시 공무원인 입누를 만났다. 입누에게 한글·한국어 수업에 대해서 학교 측과 합의한 얘기를 전해 듣고, 교사 양성 과정을 진행할 장소 등 필요한 협조 사항을 말하고 날짜와 시간까지 합의하니 예상외로 꽤 진도가 나갔다. 장난기 많은 입누는 이야기를 마친 후 돌아가는 길에 농담 삼아 잊지 않고 묻는다.

"정 선생님, 제 선물은요?"

오랜만에 까르야바루 초등학교를 찾았다. 교정에 들어서니 내 기억 속에 있던 그 모습 그대로 공놀이하는 아이들, 고무줄놀이 하는 아이들, 술래잡기하는 아이들이 운동장에 한 가득이다.

떨어져 있는 동안 머릿속에 그리던 모습과 너무 똑같아서 놀랐다. 마치 어제도, 그제도 이 모습을 지켜보고 있었던 것만 같은 생각이 들었다. 긴 방학은 뭘 하며 보냈는지 아픈 데는 없었는지, 그동안 키는 얼마나 컸는지 보고 싶고 궁금했다. 교정에 들어서자마자 지난 학기 때 가르쳤던 몇몇 낯익은 얼굴들이 멀리서부터 나를 알아보고 달려왔다. 그 아이들을 따라 다른 아이들도 달려왔다.

"바빡!"

"바빡!"

"구루!"

"구루!"

순식간에 구름처럼 내 주위를 둘러싼 아이들과 악수를 했다. 두 손에 여러 명의 아이들 손이 겹쳐진다. 까맣고 조그만 손들이 힘줘서 내 손을 잡았다. 아이들은 존경의 표시로 자신의 이마에 뺨에 입술에 내 손등을 갖다 대기도 했다. 그중 몇몇의 아이들은 땀으로 흥건히 젖은 이마에 내 손등을 한참 문질렀다. 보고 싶었다는 말이 이럴 때는 참으로 무색하다.

나를 겹겹이 에워싼 아이들은 악수가 끝나도 자리를 떠나지를 않고 까만 눈동자를 반짝이며 나를 올려다봤다. 실컷 뛰어논 아이들의 몸에서 시큼한 땀 냄새가 났다. 처음에는 낯선 이국의 향에 거부감이 들었던 것도 사실이지만 지금 내 코를 스치는 이건 냄새가 아니라 향기다.

내 아이들의, 내 친구의 향기다. 나는 아이들을 향해 외쳤다.

"아쿠 사팡가."

아이들이 "와아" 하는 함성과 함께 더 큰 소리로 외쳤다.

"사팡가."

"사팡가."

"사팡가."

도착할 때부터 일주일 내내 비가 와서 감기몸살에 걸려 몸 상태도 엉망이고 바우바우 시의 협조도 미흡해서 힘들었는데 이 순간만큼은 행복하다. 모든 불편함과 어려움을 날려 버리고도 남을 만큼 기쁘다. 가르친다는 것은 그 자체로도 기쁨이지만 이렇게 아이들이 따르고 환대해 주니 그동안의 고생이 봄눈 녹듯 사라져 버렸다.

마침 연합뉴스에서 촬영을 하는 가운데 방학 이후 첫 수업을 진행하게 되었는데 두 시간 수업에 'ㄱ, ㄴ, ㄷ, ㄹ, ㅁ, ㅂ' 여섯 자밖에 진도를 나가지 못했다. 모두들 한 번씩 나와서 써 보고 읽어 보게 하니 수업은 당연히 더디게 진행될 수밖에 없었던 것이다.

이러다 언제 다 가르치나 싶기도 하겠지만 걱정들 마시길. 앞으로 이 어린이들이 영원히 사용해야 할 글자이기 때문에 속도보다는 정확하고 확실하게 하나씩 밟고 나가는 것이 중요하다. 비록 내게 주어진 시간은 짧지만 나는 이 아이들과 천천히 걷기로 했다.

"기역, 니은, 디귿, 리을, 미음, 비읍……."

한글이라는 계단을 하나씩 오르는 소리 같지 않은가.

축제를
맛보다

바우바우 시 해양 축제와 찌아찌아족 전통 축제가 열리는 날. 비가 올까 봐 걱정했는데 다행히 맑고 화창한 날씨다. 갑자기 굵직한 비가 쏟아져도 이상할 것 없는 부톤 섬의 날씨지만 오늘만큼은 하늘을 믿어 보기로 했다. 오늘은 축제 날이니까.

해양 축제가 열리는 곳은 '완띠로'. 내가 사는 발라띠가에서 해안선을 따라 동쪽으로 4킬로미터쯤 떨어져 있는 곳이다. 마침 연합뉴스가 촬영차 함께하고 있었는데 인도네시아의 축제를 함께 즐길 수 있는 한국인이 있다는 것도 나름 기분 좋은 일이다.

그러나 축제로 들뜬 마음은 나뿐만이 아니어서 해양 축제가 열리는 곳으로 향하는 길은 이미 인산인해. 그리 넓지 않은 길에 차와 사람이 뒤엉켜 있으니 축제 구경은 둘째 치고 행사장에 무사히 당도할 수나 있을까 하는 생각이 들었다.

길은 차가 간신히 오갈 수 있을 정도인데 한꺼번에 너무 많은 사람이 몰려들어 흡사 피란길을 연상케 했다. 게다가 차, 오토바이, 공용 미니버스 미크롤렛, 사람이 탈 수 있는 것은 죄다 길로 나와 빵빵대며 경적을 울려 대니 정신이 하나도 없다. 거기다 이런 날일수록 절대 빠질 수 없는 솜사탕 장사, 사떼꼬치구이 장사 등도 두 팔 걷어붙이고 거드니 이미 아이는 아이끼리 어른은 어른끼리 축제 속의 긴 행렬에 풍덩 빠져 있었다. 이쯤 되면 웬만한 사람은 다 나왔겠구나 싶은데도 어디선가 쉬지도 않고 꾸역꾸역 몰려들었다. 경찰이 나와 있었지만 원활한 소통을 기대하는 건 애당초 무리였다. 경찰은 호루라기만 연신 불어댔다.

엄청난 인파를 헤치고 행사장에 도착하니 주지사와 시장을 중심으로 내빈석은 이미 꽉 들어차 있었다. 축제가 이루어지고 있는 바다에는 마을 대표로 수개월간 연습을 한 용머리를 한 길쭉한 보트가 경주를 벌이고 있었다. 사람들은 자기 마을 이름을 부르며 응원했고 물살을 가르며 힘차게 미끄러지는 배들은 한눈에 보아도 장관이었다. 게다가 건너편 마카사르 섬으로부터 이제 막 도착한 수십 척의 배에 탄 사람들이 저마다 전통 놀이나 무예 등을 뽐내는 모습은 눈을 떼지 못할 정도로 멋있었다.

시장은 "바우바우 시가 태평양으로 뻗어 나가고 세계로부터 주목받는 도시가 되기 위하여 최선을 다하자"고 일장 연설을 하였는데 누구라도 이 해양 축제를 보고 나면 바우바우 시를 주목하지 않을 수 없을 것만 같다.

행사가 거의 끝날 즈음 우리는 다시 인파에서 빠져나와 찌아찌아족

인파로 가득한 뿌마 페스티벌.

뿌마 페스티벌에 참석한 수십 척의 배.

행사가 열리는 소라올리오로 향했다. 그런데 소라올리오로 향하는 길에 갑자기 날씨가 흐려지더니 비가 내리기 시작했다. 걱정을 하긴 했지만 오늘만큼은 피해 줄 거라 생각했는데. 역시 찌아찌아족의 전통 축제 행사장인 마을 회관 주변은 온통 진흙탕이었다. 그러나 예복을 갖춰 입은 마을 원로들은 비에도 아랑곳하지 않고 마을 회관으로 속속 들어오고 있었다. 그리고 커다란 광주리를 맨 청년들이 그 뒤를 따르고 있었는데 광주리마다 이름표가 붙어 있었다. 역시 그 뒤는 부녀자와 아이의 차례였다. 마을 원로와 가장은 직급에 따라 회관 안에 자리를 잡고 앉았지만 여자와 아이는 들어가지 못하고 행사장 바깥에서 구경만 할 수 있었다.

비가 오는 날에는 여자와 아이도 안으로 들어가서 함께 구경하고 즐길 수 있으면 좋으련만, 내리는 비를 다 맞으며 바깥에 서서 행사를 구경하는 모습이 안쓰러웠다.

역시 행사 첫머리에는 주지사와 시장의 긴 연설이 준비되어 있었다. 행사 때마다 높으신 분의 길고 지루한 연설이 없다면 무슨 재미겠는가.

가로 50미터 세로 40미터 정도의 마을 회관은 열대지방답게 바닥과 천장만 있을 뿐 담 없이 기둥만 세워져 있다. 벽을 따라 빙 둘러 가며 열을 맞춰 앉고 안쪽으로 한 줄, 더 안쪽으로 또 한 줄, 점점 더 작은 직사각형 형태를 그리며 앉게 되어 있었다. 행사장 전면에는 주지사와 시장 원로가 일렬로 자리를 잡고 그 건너편에는 작은 무대가 설치되어 있었는데 전통악기로 연주도 하고 전통 무술 시범을 보이기도 했다.

그리고 마침내 참석자 앞에는 음식 광주리가 하나씩 놓였다. 설마 했는데 정말 한 사람 앞에 하나씩이었던 것이다. 열어 보니 밥도 여러 종류에다 생선, 바나나, 갖가지 떡, 과자, 음료수, 닭고기, 소고기 등 열 명은 족히 먹을 수 있는 엄청난 양이었다. 문제는 이 음식을 많이 먹어 줘야만 그 음식을 만든 가정이 건강하고 복을 많이 받는다는 것이다. 만약 음식이 많이 남으면 복을 조금밖에 받지 못한다는 것이다. 음식은 정성껏 만들어서 맛있게 보였지만 그런 설명을 듣고 나니 갑자기 먹는 게 부담스러워졌다.

행사장 안은 갑자기 많이 먹기 대회가 열린 듯했다. 바깥에서는 음식을 내놓은 가정마다 자기의 음식을 많이 먹어 주기를 간절히 바라면서 바라보고 있는데, 이를 어쩌나. 의무감을 가지고 먹다 보니 아무리 맛있는 음식일지라도 이게 여간 부담되는 일이 아니다. 게다가 먹는 데에도 나름 규칙이 있는데 행사 내내 가부좌를 풀어서도 안 되고 자리를 이동해서도 안 된다. 단지 먹고, 먹고, 또 먹고, 열심히 먹고, 무작정 먹으며 옆 사람과 약간의 담소를 나눌 수 있을 뿐이다.

나는 내 앞에 놓인 광주리 속의 음식과 엄청난 사투를 벌였는데 약 세 시간 정도의 행사를 끝내고 나오니 몸이 완전 녹초가 됐다. 배는 부르고 다리도 저리고 아파서 혼났던 것이다.

행사장 밖으로 나오니 내가 가르치는 까르야바루 초등학교 학생들이 내 주위로 금세 모여들었다. 아이들과 일일이 악수를 하는 모습이 신기한지 마을 원로들이 지나가며 웃기도 하고 엄지손가락을 치켜 보

찌아찌아족 전통 축제 전경.

찌아찌아족 원로와 그 앞에 놓여 있는
음식 광주리. 이게 1인분이다.

전통 복장을 입은 내 모습을 보고
재미있어하는 아이들.

이기도 했다.

　그 와중에 한 어린아이로부터 정성스럽게 포장된 선물을 받았다. 수많은 아이들에게 둘러싸여 있었기 때문에 누군지 기억을 할 수가 없었다. 돌아오는 길 내내 떠올리려고 해도 그 얼굴이 좀처럼 생각나질 않았다. 포장지까지 잘 간직했다가 다음 수업 시간에 꼭 알아내서 답례를 해야지. 그런데 무슨 선물을 해 주면 좋을까? 나는 행복한 상상을 하며 저녁은 거르기로 했다. 이 정도의 포만감이라면 적어도 3박 4일은 밥을 안 먹어도 되지 싶다.

아는 사람만 아는
'나무 그늘 수업'

생각해 보면 제2고등학교 한국어 수업 시간은 다른 학교에 비해 조금 독특했다. 학생이 많기도 하지만 선생님도 수업에 함께했기 때문이다. 그중에서도 영어 과목의 술라스미 선생님과 일어 과목의 해리 선생님이 가장 열심이었다. 역시 언어를 전공하는 교사라 그런지 '한국어'에 관심이 많았다.

술라스미 선생님은 수업 시간마다 간식을 가져와 교탁 위에 올려놓곤 했다. 쉬는 시간에 먹으라는 것 같은데 삐상고렝_{바나나 튀김}, 온데온데_{쌀과 카사바 가루로 만든 피에 흑설탕과 코코넛 가루를 넣어 만든 음식으로 우리나라의 송편과 흡사하다} 등이었다. 전통 음식이니 맛을 보라는 것 같은데 학생들을 앞에 놓고 먹기가 미안해서 일부로 수업을 마치고 쉬는 시간에 한입 베어 물었다. 그리고 "에낙_{맛있다}"이라고 말해 주었다.

여하튼 교사가 학생과 같이 수업을 들으니 자연스럽게 면학 분위기가 조성되었다. 그런데 다른 과목 선생님이 학생과 섞여서 수업을 받고 있는 모습이 신기한지 교실 앞을 지나던 다른 반 학생도 자주 기웃거렸다. 물론 다른 학교의 한국어 수업도 이래저래 주목을 받긴 마찬가지였지만 말이다.

그리고 다시 새 학년을 만나는 자리. 교장 선생님으로부터 제2고등학교 2반을 소개받다가 깜짝 놀랐다. 인도네시아는 우리나라와는 달리 8, 9월에 새 학년으로 올라가는데 그러다 보니 자연스럽게 한국어 수업을 받는 학생이 바뀔 수밖에 없었다. 그런데 제2고등학교 2반만큼은 지난 학기에 이어서 한국어 수업을 계속 받을 수 있도록 학교 측에서 배려를 해 줬기 때문이다.

물론 새로운 학년이 되면서 몇몇 학생은 보이지 않았고 일부 학생이 새로이 합류하기도 했지만 대부분 낯익은 얼굴이었다. 나는 아이들의 열렬한 환영의 박수에 또다시 힘을 얻었다. 다른 학교는 모두 다 반이 달라지고 지난 학년에 이어 수업 받는 학생이 없어서 조금 아쉬운 마음이 들었는데 이곳에서는 옛 친구들과 함께한다니 감개무량하기도 했다. 같은 이름을 다시 부를 수 있게 될 줄이야.

"필자."

"네."

"인딴."

"네."

"파우지아."

"네."

다른 선생님이 간식으로 갖다 준 온데온데와 삐상고렝.

그런데 출석을 부르면서 한편으로 마음이 편치 않았다. 불과 얼마 전까지만 해도 내가 이름을 불러 주었던 아이들이 문 밖에 서서 교실 안을 지켜보고 있었기 때문이다. 지난 학년 때 같이 공부를 했던 몇몇 아이는 한국어를 공부할 수 없게 된 게 아쉬웠는지 쉬는 시간마다 교실 창문에 달라붙어서 수업하는 모습을 가만히 들여다보고 가곤 했다. 지난 학년 때 열심히 한국어를 공부했던 이땅도 다른 아이와 함께 섞여 있었다.

나는 출석을 부르다가 잠깐 멈추고 문을 열었다. 그리고 창밖에 서서 교실 안을 들여다보던 아이들에게 들어와서 앉아도 좋다고 말했다. 아이들은 내가 부르는 소리를 듣고 기쁜 표정을 감추지 못했다. 좋아하는 아이들의 얼굴을 보니 더욱 마음이 복잡해졌다. 마음을 가다듬고 다시 한 명씩 이름을 불러 주었다.

방과 후 수업을 진행하고는 했던 교문 앞 그늘

"이땡."

"……."

출석부에는 없지만 이땡의 이름을 불렀는데 이땡은 눈물만 글썽일 뿐 대답하지 못했다. 이땡의 모습에 내 목이 다 메었다.

그 후 나는 수업을 더 늘렸다, 비공식적으로. 지금의 수업 시간으로는 학생들이나 나의 한국어 수업에 대한 갈증이 해결되지 않았기 때문이다. 수업이 끝나면 교문을 나서기 전 한국의 솟을대문으로 들어오면 있을법한 공간처럼 약간 그늘진 터가 있는데 늘 몇 명의 선생님이 거기서 교통편을 기다리거나 잠시 쉬어 간다. 나도 생수를 마시며 가끔씩 머무르곤 했던 그곳에서 학생들의 수업을 진행하기로 한 것이다. 이를테면 보충수업 같은 건데 이름 지어 '나무 그늘 수업'이다. 지금 수업을 듣는 학생도, 지금은 듣지 못하는 학생도 수업이 끝나면 모두 그곳으로 달려왔다.

"나무 그늘 수업을 할 테니까 다 모여라."

이런 공지는 붙이지 않았다. 그저 처음에는 한두 명이, 그 다음에는 서너 명이 찾아왔다. 일부러 부르지 않아도 내가 그곳에 있으면 아이들은 교과서를 가져와서 모르는 부분을 물어보곤 했다.

그러다 보니 자연스럽게 평소보다 퇴근 시간이 두 시간가량 늦어졌다. 그래도 마음만은 늘 기뻤다. 아이들과 한국어 수업을 진행하는 동안 하루의 피로를 말끔히 씻어 버리고 남을 만큼 나무 그늘이 우리를 지켜 주고 있었으니 말이다.

아이르자뜨
소풍

이렇게 변화무쌍한 날씨는 적어도 우리나라에서는 경험하지 못했다. 새벽부터 비가 오다 그치기를 수없이 반복하면서도 틈틈이 햇살까지 반짝반짝 빛난다. 이래서야 오늘 소풍 가는 게 괜찮을까 싶은데 우리 반 남학생이 모시러 왔다며 찾아왔다. 며칠 전부터 숙소에 놀러 가도 되느냐고 묻던 학생들. 지난 학기에 이어 계속해서 한국어 수업을 하게 된 유일한 반 학생들이다. 그리고 교장 선생님께서 "앞으로도 계속해서 한국어를 열심히 공부하세요"라며 나를 다시 소개할 때 발을 구르며 열렬히 환영해 주어서 나를 감동시킨 녀석들이었다. 그런데 녀석들이 얼마 전 내게 소풍을 가자고 했다.

"선생님, 우리와 소풍 가실래요?"

"소풍? 좋지. 전교생이 다 가나?"

"아니요. 우리끼리요."

"그러면 학교에 알려야 하지 않을까?"

"그럴 필요 없어요."

이곳은 학교에서 따로 소풍이나 수학여행을 가지 않는다. 오후 1시면 대부분 학교 수업이 끝나기 때문에 반 단위로 혹은 삼삼오오 소풍을 가면 된다. 대부분 강, 폭포, 바다에 가거나 산길을 걷기도 한다. 재미있게 공부해 줘서 오히려 고맙기만 한데 평소에도 이렇게 잘 따르니 나는 행복한 한국어 교사임이 분명하다.

모시러 왔다기에 나가 보니 오토바이에 타란다.

"나익."

손짓까지 한다.

"타라고?"

"으응."

"으응?"

오토바이를 잘 타지 않는 나는 위험할 뿐만 아니라 더구나 비까지 오는 날씨여서 걷거나 다른 교통수단을 이용하고 싶은 마음이 굴뚝같았다. 하지만 차마 거절할 수가 없어서 마지못해 뒤에 올라탔다.

"하띠하띠."

들릴 듯 말 듯 한마디하고서.

'하띠하띠'는 '조심하세요'란 뜻이다.

흩뿌리는 빗속을 뚫고 도착한 곳은 '와조'라고 하는 곳이었다. 제2고등학교가 있는 베뜸바리 옆의 주택가였다. 평범한 대문과는 달리 실내는 제법 웅장하고 호화롭기까지 한 복층 구조의 집이었다. 한국어 수업을 듣는 필자네 집이라고 했다.

어느 집이나 그렇듯 다소 어두운 방 안에는 스무 명 정도 되는 학생들이 어우러져 앉아 있었는데 내가 들어서자 반갑게 맞이해 주었다.

"선생님."

"구루."

"티처."

"바빡."

나를 부르는 호칭이 참으로 다양하다.

그런데 집에서 뭐하고 놀려는지 궁금했는데 우리나라 법랑 같은 것을 서너 개 나눠 들더니 소풍을 가잖다. 아이들을 따라 나서니 밖에는 이미 대절해 놓은 차가 떡 하니 대기 중이다. 차는 '미크롤렛'. 원래는 노선을 따라 운행하는 대중 버스인데 이렇게 대여해 주기도 하나 보다. 미크롤렛은 보통 7, 8명이 정원인 조그만 버스인데 나를 포함해서 14명이나 되는 아이들이 바짝 붙다 못해 아예 옴짝달싹 못할 정도로 탔다. 그래도 오토바이 뒷자리보다는 안전해 보이니 다행이다. 나는 내 옆에 바짝 앉은 학생에게 물었다.

"어디로 가는 건데?"

"아이르자뚜."

"아이르자뚜?"

무슨 지명 이름인 줄 알았는데 도착해서 보니 폭포가 있는 계곡이었다. 알고 보니 '아이르'는 '물', '자뚜'는 '떨어지다', 즉 '물이 떨어지

학생들과 함께 다녀온 아이르자뚜 소풍.

는 폭포'라는 뜻이었던 거다.

"여기 이름은 뭔데?"

"아이르자뚜."

"아니, 지명 말이야. 지명은 뭔데?"

"아이르자뚜."

으이구, 내 질문이 부실했거나 아니면 이곳 지명도 '아이르자뚜'일지도 모르겠다. 그냥 '아이르자뚜'라 치고, 주변을 찬찬히 살펴보니 생각보다 큰 폭포였다. 큰길에서 그저 조금 들어왔을 뿐인데 이렇게 큰 폭포가 있다니. 더 신기한 건 내가 매일 걷다시피 하는 길, 안쪽에 있다

173

는 것이다.

'와루루마'를 지나갈 때면 한쪽으로 갈라진 다른 길이 있었는데 늘 저쪽으로 가면 어디가 나올까 하며 궁금해했다. 언젠가는 저쪽 길로도 가 봐야지 했는데 결국 학생들이랑 같이 오게 된 것이다. 이런저런 생각에 젖어 있는데 학생들이 날 불렀다.

"선생님, 만디 브라사마."

뭐 같이 목욕하자고? 망측하게. 손사래를 치는데 아이들은 벌써 물속으로 풍덩풍덩 뛰어들기 시작했다. 하긴 비에 젖은 사람이 물을 두려워하랴. 수량이 얼마나 풍부한지 폭포수가 꼭 빙벽같이 보이는데 아이들은 그 폭포를 거슬러 올라가서 꼭대기에서 다이빙을 하기도 했다. 그런데 자세히 보니 오, 여학생이다. 어렸을 적 흑백텔레비전을 통해서 본 '타잔'이 생각났다. 분명 타잔보다 더 용감무쌍한 여자 친구, 제인일 것이다.

아까 나를 데리러 온 친구에게 "가끔 이곳에 놀러오니?" 하고 물어보니 또 "으웅." 하고 반말로 대답한다. '네'라고 그렇게 가르쳤건만. 다음 주 수업 때는 꼭 존댓말을 좀 더 가르쳐야겠다고 다짐하는, 나는 천상 한국어 선생이다.

우기와
반지르

이곳 날씨는 믿을 수가 없다. 일기예보를 믿을 수 없다는 말이야 더러 하는 표현이지만, 나는 날씨를 믿을 수 없다고 말하고 싶다. 구름 한 점 없이 화창하다가도 억수같이 비가 퍼붓고는 이내 감쪽같이 사라진다. 날씨만 믿고 계획을 세웠다가는 낭패 보기 십상이다.

사실 인도네시아에 오기 전 이곳에 관한 책을 많이 읽었는데 이곳은 계절이 우기와 건기가 있다고 했다. 우기는 10월에서 3월, 건기는 4월에서 9월까지라고 되어 있었는데 내 경험으로는 정반대인 것 같다. 3월에는 무더위가 계속되고 비는 가끔 내렸을 뿐인데 요즈음은 거의 매일 비가 내리니 건기와 우기의 구분이 무색하다. 세계의 이상기후에 영향을 받아 이곳도 계절의 구분이 점점 희미해져 가고 있다고 한다. 그래서인지 이곳 사람들은 비가 오는 날 "지금이 무슨 계절이에요?"라고 물어보면 열이면 열 "우기예요"라고 말한다.

즉 계절에 상관없이 비가 자주 오면 '우기'라고 말하는 것인데 우리

'천국'이란 뜻의 니르와나 해변.
뜨거운 날의 연속인 이곳에서는
정말 천국 같은 곳이다.

가 12월이나 1월에 아무리 춥지 않아도 겨울이라고 말하는 것과 비교하면 참으로 편리한 발상이 아닐 수 없다. 비가 오면 우기, 건조하고 비가 오지 않으면 건기. 이게 얼마나 합리적인 생각인가.

어쨌거나 내가 느끼기엔 건기든 우기든 엄청 뜨거운 날의 연속이었다. 가끔 이곳 사람들에게 "인도네시아의 계절은 어떻게 돼요" 하고 물으면 열이면 열 모두 다 건기와 우기로 나뉜다고 말한다. 그러나 내가 "2계절이 있긴 하지만 건기와 우기로 나뉘지는 않는다"라고 말하고 잠깐 뜸을 들이면 거의 모두 되묻는다.

"그럼 뭐가 있는데요?"

"무심 빠나스 단 무심 쌍앗 빠나스."

"뜨거운 계절과 더 뜨거운 계절."

그런데 비가 오면 결석생이 유난히 많다. 학생의 절반 정도가 보이지 않을 때도 있다. 그리고 그런 날은 부득이하게 아프다든가 집에 무슨 사정이 있다든가 해서 등교하지 못하겠다는 내용의 결석계조차도 없다.

"왜 이렇게 많이 결석했지?" 하고 깜짝 놀라서 물으면 아이들은 합창하듯 말한다.

"반지르."

'반지르'는 홍수라는 뜻으로 홍수가 나면 위험하므로 보통 결석이 용인된다. 반지르가 공식적인 결석 사유는 될 수 없지만 통학 거리도 다르고 각자 살고 있는 집의 주위 환경도 다르기 때문에 어쩔 수가 없다. 이를테면 배를 타고 통학을 하는 학생들은 배가 뜨지 못하므로 올 수가 없다. 7, 8명 정도가 타는 배는 비가 조금 많이 온다 싶으면 운항을 중단하기 때문이다. 거기다 개울물이 넘치거나 길이 유실되어 농산물이 피해를 입을 것 같으면 학교 수업보다는 복구 작업이 우선이다.

그러기 때문에 '비가 온다고 어떻게 학교에 안 와' 혹은 '이 정도의 비에도 학교에 안 와' 하는 단순한 생각은 버려야 한다. 그것은 아직도 나의 기준이며 이곳의 기준이 아니다. 인도네시아에서는 비가 오면 학교에 올 수 없는 사정이 아주 많기 때문이다.

또 비가 오면 바나나 잎이나 오두막 밑에서 비가 그치기를 기다렸다가 움직이는 이들의 생활 습관 때문에 인해 비가 한두 시간 이상 온다 싶으면 학교에 잘 가지 않는다. 우산이 없는 집도 많다. 비가 오면 움직이지 않는 것이 당연하다. 비가 오는데도 어떤 일을 위해 움직이는 모습은 별로 볼 수가 없다.

어쨌든 비가 오면 가뜩이나 컴컴한 교실이 더욱 어두워지고 학생 수도 많지 않기 때문에 평소처럼 수업을 진행할 수가 없다. 그런 날은 아이들에게 모두 둥글게 앉으라고 한 후 그동안 틈틈이 할 수밖에 없었던 대화 연습을 진행한다. 오히려 학생이 많지 않기에 가능한 수업인 것이다. 비가 와서 오지 못한 아이들에게 미안할 정도로 실전적이고 알찬 수업이 진행되니 이만하면 전화위복이 아닐까.

ㄱ 가 ㅇ ㅡ

ㅎ ㅏ ㄴ ㄱ

ㅇ ㅡ ㄹ ㅅ ㅜ

ㅎ ㅏ ㄷ ㅏ

FOR 선생님아

안녕하스여

저는 라흐미 입니다

Saya senang bisa belajar 한국 말어 bersama
선생님이 Because 선생님이 orangnya baik.

| 4 | 가을,
한글을
수확
하다

교재 편찬과
사전 만들기

학생들과 아이르자뚜에 갔다가 운동화가 다 젖었다. 아침 출근길에 화창한 날씨만 믿고 운동화를 널었다가 결국에는 더 젖고야 만 것이다. 운동화가 젖어 산책을 나가지 못했으니 그 시간까지도 모두 다 중급 교과서 편찬에 쓰기로 했다.

교과서를 만들기 위해서는 여러 교재를 참고하기 마련인데 그중 우리나라 초등학교 2학년 교과서를 보고 깜짝 놀랐다. 책에서 사용하는 어휘의 수준과 요구하는 답변의 수준이 매우 높을 뿐만 아니라 답이 정해져 있지 않은, 학생들의 의견이나 견해를 요구하는 식의 내용이 대부분이었던 것이다.

이 내용을 영어와 인니어로 바꾸어 다시 찌아찌아어로 표기하는 방식이다. 필요한 내용의 발췌와 배열도 쉽지 않은데 추상적인 문장을 두 번이나 번역해서 본래의 뜻이 훼손되지 않도록 하려는 것이 여간 어려운 일이 아니다. 영어 사전, 인니 사전을 들춰 가며 뒤늦게 원 없이 공부하게 생겼다.

누군가 나에게 '찌아찌아족에게 한글을 가르치는 최종 목표가 무엇인가'라고 묻는다면 '한·찌아찌아어 사전'을 만드는 것이라고 말하고 싶을 만큼 '한·찌아찌아어 사전' 만들기에 공을 들이고 있다. 정확히 말하자면 사전을 만드는 것이 아니라 사전을 만들기 위하여 찌아찌아 말을 하나하나 채집해 나가는 중이다. 표준 국어 대사전이나 옥스퍼드 사전처럼 9교정, 12교정을 하고 수백 명이 충분한 기간 동안 천문학적인 금액의 예산을 들여 만든 사전이 아닐지라도 기본적이고도 의사소통을 위한 작은 사전을 제작하고 싶다. 이로써 한글을 잘 익히고 사용할 수 있게 된다면 찌아찌아족이 그들의 삶을 풍요롭게 할 수 있고, 전통문화를 잘 계승, 발전시키는 데 초석이 될 것이다.

매주 사전을 만들기 위한 준비를 하고 있는데 내가 다 만들지 못하면 뜻이 있는 후임자가 만들면 된다. 서두르지 말고 욕심 부리지 않으면 언젠가는 사전이 탄생할 것이다. 지금은 한국어—인니어—찌아찌아어를 연결하여 한 단어, 두 단어 만들어 가고 있다. 그러다 보니 가끔 재미있는 단어를 만나게 된다. 가령 '뽀뽀'는 '뽀뽀'고 '찌찌'는 '찌찌'다. 무슨 말인가 하면 우리말로 입맞춤은 찌아찌아어로 '뽀뽀'고 표준어는 아니지만 우리말로 아이들이 젖을 가리킬 때 말하는 '찌찌'는 찌아찌아어로 '찌찌'다. 의성적·의태적으로 개연성은 있을 수 있겠지만 두 단어를 처음 접했을 때는 신기하면서도 재미있다. 한편으로는 바벨탑의 흔적인가 싶기도 해 그 경이로움에 소름이 돋기도 한다.

어쨌든 찌아찌아족의 한글 사용은 한 나라가 무력으로 지배당하지 않고 다른 나라의 글자를 받아들인 매우 특이한 사례이기 때문에 천천히 그러나 세밀하고 정교하게, 무엇보다 서두르지 않고 준비해 나가기로 했다.

이밖에도 찌아찌아어에는 재밌는 말이 많은데, 군인은 '딴따라'다. 우리나라에서는 예전에 연예인을 속되게 낮춰 부르던 말이 딴따라였다. 지금은 잘 사용하지 않지만 'DDR'이라고도 했다. 그러나 지금은 한국의 대중가요, 드라마를 접하지 않는 사람이 없을 정도이고 이곳의 젊은 사람들은 나보다 요즘 유행하는 한국의 대중가요를 더 잘 안다. 'DDR' 덕분에 이곳에서 생활하거나 한글 교육하는 데에 많은 도움을 받았다.

한번은 길을 걷다가 어린아이들과 마주친 적이 있었다. 아이들은 머뭇거리며 다가오더니 "Orang Korea 한국 사람인가요?" 하고 물었다. 그렇다며 고개를 끄덕거렸더니 자신들의 핸드폰을 내 얼굴 가까이 내밀었다.

핸드폰에는 저장되어 있는 우리나라 연예인 사진이 저장되어 있었다. 한두 장이 아니라 꽤 많은 사진이 있었는데 이른바 아이돌 스타였다. '비'를 비롯해서 몇몇은 확실히 알아보겠는데 모르는 얼굴도 여럿 있었다. 그런데 열두 살짜리 인도네시아 꼬맹이들이 오히려 나를 가르친다.

"김범."

"샤이니."

딴따라라고 무시하던 때가 무색하리만큼 한류는 참 대단하다. 인도네시아 문자는 로마자를 사용한다. 영어처럼 말이다. 그런데 영어처럼 발음기호를 따로 외울 필요가 없다. 발음기호가 따로 없기 때문이다. 그러니 터미널도 '떼루미날', 내셔널도 '나시오날'이다. 이보다 좋을 수는 없다. 일단 뜻을 알든 모르든 유창하게(?) 읽을 수 있기 때문이다. 그래서 이런 말도 들어 봤다.

"선생님, 전 원더길스 좋아해요."

"응? 원더길스?"

알고 보니 원더걸스wonder girls를 로마자 그대로 읽어서 '원더길스'가 된 것이었다.

"하하. 얘들은 원더길스가 아니라 원더걸스야."

오래간만에 내가 아는 DDR이 나온지라, 당당하게 이름을 알려 주었다. 그 아이는 그렇구나라는 표정을 지으며, 나에게 고맙다는 말을 하고는 돌아갔다. 하긴 '원더걸스'면 어떻고 '원더길스'면 어떠랴. 한국과 찌아찌아가 같은 것을 좋아하고 같은 것을 사랑하고 같은 한글을 쓸 수 있다면 말이다.

"참 잘했어요" 도장

눈이 깊고 이마가 툭 튀어나온 암시르는 한눈에 봐도 악동 티가 나는 아이다. 장난은 심하지만 그에 못지않게 한글 공부도 열심히 한다. 그 녀석은 나에 대한 소유욕이 특히 강하다. 잘하든 못하든, 자기가 말하는 답이 맞건 틀리건 일단 손을 들고 "저요, 저요"를 외친다. 그러나 일단 나에게 지목을 받고 나면 반 친구들을 좌우로 살피며 의기양양하게 걸어 나오는데 답이 틀려도 당당하다.

데위는 다른 아이들과 달리 생긴 모습이 우리나라 사람과 참 닮았다. 무척이나 내성적인 아이다. 다른 친구들이 나에게 "선생님" 하고 달려들어 안길 때에도 멀찌감치 나무 뒤에 숨어 있는 일이 많다. 내성적이고 눈물이 많은 속 여린 소녀다.

로스미니는 사소한 일에도 잘 웃는다. 찌아찌아 아이들은 웃음에 인색하지 않다. 아무리 사소한 일에도 크게 웃는다. 뭐가 그리 신나고 재밌는지 한글 수업 내내 웃음이 끊이질 않는다. 로스미니는 이 중에서

로스미니가 웃을 때면 꼭 앞니 두 개가 도드라져 보이는데 그
모습이 토끼같이 귀엽다.

지금도 눈에 선한 녀석들
(위부터) 알까기닝, 막물함자, 하티까.

도 으뜸이다. 로스미니가 웃을 때면 꼭 앞니 두 개가 도드라져 보이는데 그 모습이 토끼같이 귀엽다.

막물함자는 과묵하고 점잖다. 다른 아이들은 선물을 받고 싶어서 내가 발표를 시키면 적극적으로 손을 드는데, 막물함자는 태연하게 앉아 있다. 나는 막물함자가 책을 읽거나 칠판에 한글을 써 보도록 노력을 해 보았지만, 아무리 애를 써도 소용이 없다. 일단 손을 안 들기 때문이다. 자꾸 시선을 주고 모두 손을 들어 의사표시를 해도 이 친구는 안 된다. '너도 한번 해 봐' 하고 눈으로 찡끗 신호를 보내도 씩 웃기만 할 뿐이다.

알까기닝은 막물함자와 단짝이다. 암시르처럼 공부를 열심히 하면 좋으련만 말썽 부리는 학원을 다녔는지 한번 발동 걸리면 내 머리가 지끈지끈해진다. 알까기닝도 상품이 탐이 나서 일단 손을 들기는 하는데 "나와서 써 봐라" 하면 킬킬대며 웃기만 한다. 콩나물시루에 물을 주면 물은 빠지지만 그래도 콩나물은 자란다고 했던가. 알까기닝이 언젠가는 한글을 멋지게 써서 나를 감동시켜 주리라 믿는다.

하띠까는 학교 앞 문구점 집 딸인데 늘 침착하고 지혜로운 아이다. 늘 자기 할 일을 알아서 하고 어떤 숙제를 내도 묵묵히 해 오는데, 틀리는 것도 별로 없거니와 반듯하게 써 내려간 글씨를 보면 얼마나 정성을 들여 숙제를 했는지 알 수 있다. 수업 시간에는 늘 앞자리에 앉기 때문에 나와 눈을 마주칠 일이 많다. 교사는 학생들을 두루 보살피고 사랑해야 하는데, 편애하지 않기가 얼마나 어려운지 하띠까를 통해 느낀다.

까르야바루 초등학교 아이들은 정말 각양각색이다. 외모도 성격도 모두 다 어쩌면 이리 다른지. 숙제를 내도 한 글자 한 글자 정성스럽게 써 오는 아이가 있는가 하면, 지렁이 기어가듯이 삐뚤빼뚤 써 온 아이도 있다. 물론 한결같은 고집으로 백지를 내밀며 씩 웃는 아이도 있다.

나는 어떻게 하면 이 아이들이 한글 수업을 보다 즐겁게 할 수 있을지 모두가 더 많은 관심을 가질 수 있을지 몇 날 며칠을 고민했다. 그러다가 문득 그 '물건'이 떠올랐다. 그거라면 분명 아이들을 사로잡을 수 있을 것이다.

역시 대히트다. 노트에 한국에서 공수해 온 '참 잘했어요' 도장을 받은 아이는 좋아서 어쩔 줄 모른다. 숙제를 해 오지 않아 도장을 받지 못한 아이는 그제야 숙제를 하느라고 야단법석이다.

몇 년 전 한국에서 이민자에게 한국어 숙제를 내 주고 검사할 때, 이 도장을 찍어 주면 "선생님, 이게 뭐예요?" 하며 신기했던 장면이 떠올랐다. 이곳에서도 '참 잘했어요' 도장의 위력에 새삼 또 놀란다.

손바닥만으로는 부족했는지 이마에, 팔뚝에, 손등에 찍어달라고 조르는 아이. 한 번 도장을 받았는데도 책상이나 화병 뒤에 얼굴을 감추고 손을 내미는 아이, 심지어 옆 반, 다른 학년 아이도 와서 도장을 받으려고 줄을 선다. 내가 얼굴을 기억하지 못하는 줄 알고 말이다.

오른쪽 손바닥에 도장을 받았던 아이가 또 내 앞에 선다. 물론 이번에는 왼손이다. 나는 아이를 보고 씩 웃어 준다. 내 반응을 보고는 들켰

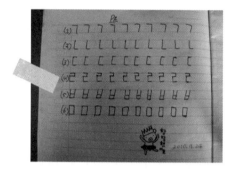

이 도장을 받기 위해 아이들은 숙제를 열심히 해 왔
다. 처음에는 공책에만 찍어주었는데 개구쟁이들이
이에 만족할 리 만무했다. 곧 손, 팔목, 이마에 '참 잘
했어요' 도장이 찍혔고, 숙제하고 관련없는 다른 반
아이도 줄을 서곤 했다.

한국에서 보내온 스티커를 나눠주자 아이들의 글씨
도 반듯반듯해지기 시작했다.

다고 생각했는지 아이는 멋쩍은 듯 웃는다. 나는 아이의 왼쪽 손바닥에 도장을 찍어 주었다. 그제야 아이는 양손을 내밀고 손바닥에 나란히 찍힌 도장을 보여 주며 씩 웃는다.

한국에서 가져온 도장은 종류도 다양하고 모양도 예쁘다. 더 많이 가져오지 못한 게 아쉬울 정도다. 아무튼 이 '참 잘했어요' 도장의 위력은 대단해서 꼭 몇 명은 해 오지 않던 숙제를 거의 다 해 오게 만들었다.

'참 잘했어요' 도장으로 자신감을 얻은 나는 스티커로 한 번 더 아이들의 향학열을 북돋울 수 있었다. 아이들은 인도네시아에서 만든 스티커로 노트나 책 같은 학용품을 장식하는데 이것은 구하기도 어려울 뿐만 아니라 디자인이나 품질이 그리 좋아 보이지 않았기 때문이다. 이번에는 스티커다.

한국에서 보내 온 스티커를 받은 아이들은 정말 좋아했다. 한국에서는 무심코 보아 넘긴 물건이 이곳에서 이렇게 유용하게 쓰일 줄이야. 숙제도 잘해 왔지만 비뚤비뚤 쓰던 글씨도 반듯반듯해지기 시작했다. 스티커를 적절히 사용한 효과 때문이었다.

처음 '참 잘했어요' 도장을 이용할 생각을 했을 때는 그저 아이들이 더욱더 열심히 한국어 공부를 하고 숙제도 잘해 올 수 있도록 유도하고 싶은 마음이 있었다. 하지만 기대 이상으로 '참 잘했어요' 도장과 스티커를 받고 즐거워하는 모습을 보니 언젠가부터 나는 아이들의 웃음을 보고 싶어 도장을 찍어 주고 스티커를 나누어 주기 시작했다. 정말 사소한 하나에도 진심을 담아 웃어 주는 이 아이들의 모습이 나는 너무도 사랑스러웠다.

칭찬은 고래도 춤추게 한다고 했던가. '참 잘했어요'라는 칭찬을 받기 시작한 아이들은 그 후로 내 수업에 더욱 열심히 임해 주었다. 한 가지 고백하자면 칭찬이 아이들만 춤을 추게 한 것은 아니다. 칭찬을 하는 나도 그들을 바라보는 즐거움에 매번 어깨가 들썩들썩했다.

'코리아바루
초등학교'

소라올리오에서는 '까르야바루 초등학교'를 '코리아바루 초등학교'
라고 부른다. 코리아바루 초등학교라니! 그 기발함도 놀랍지만 한국에
대한 좋은 감정이 느껴지는 애칭이라서 마음에 쏙 들었다. 왠지 예전
보다 한층 더 정감이 가고 들을 때마다 찌아찌아족이 더 각별하게 느
껴졌다.

　코리아바루 아이들은 내가 교정에 들어설 때마다 멀리서부터 알아
보고 달려온다. 내 주위로 몰려들어 스스럼없이 악수하고 옷자락을 만
지고 올려다보며 재잘재잘 떠드는 아이들 때문에 하루하루가 즐겁다.
이리저리로 손을 잡아끌며 귀찮게도 하는데 나는 이 아이들이 전혀 성
가시지 않다.

　초등학생들은 상대적으로 적은 언어를 사용하고 제한된 교육을 받
으므로 내가 그들을 가르치는 데 사실 큰 어려움이 없다. 물론 어린아
이들을 데리고 한글 수업을 해야 하기 때문에 체력 소모도 크고 가끔

하루하루를 즐겁게 해 준
까르야바루 초등학교 아이들.

의사소통이 잘 이루어지지 않을 때도 있다. 한 글자 한 글자 정확하게 발음을 들려주고 글을 써도 또박또박 써 주어야 하기 때문에 고등학생을 대상으로 하는 한국어 수업에 비해 체력 소모가 크다. 또한 초등학교 수업은 전부 다 인도네시아어와 찌아찌아어로 진행되기 때문에 설령 초등학생에 맞는 쉽고 적은 어휘를 사용한다고 해도 어려울 때가 있었다.

그러나 어떨 때는 오히려 의사소통이 완벽하지 않아 좋은 점도 있다. 아무리 열심히 설명을 해도 말이 통하지 않을 때는 내가 다가가면 되기 때문이다. 나는 말이 통하지 않을 때면 아이들에게 가까이 다가가 눈짓으로, 손짓으로 말한다. 사람에게는 수많은 표정이 있어서 인종도 언어도 중요하지 않다. 표정에는 상대방에게 전달하고 싶은 모든 것이 다 담겨 있는데 나는 가끔 표정이 최초의 언어가 아닐까 싶을 때도 있다.

그래도 부족하면 스킨십이 이루어진다. 가벼운 접촉을 통해 우리는 더 친해지고 서로에 대하여 마음 깊이 교감할 수 있는 것이다. 물론 부작용도 있다. 아이들이 나를 파악해 버린 것이다. 친해지기도 하고 내가 무섭지도 않다는 걸 간파한 몇몇 사내 녀석은 주전부리를 가지고 들어와서 수업 시간에 몰래몰래 먹기도 했다. 한눈에 봐도 불량식품이 틀림없어 보이는 주전부리다. 또 이 녀석의 주위에는 어김없이 아이들이 모여든다. 부러움에 가득한 표정을 하고.

내가 뒤돌아서서 칠판에 글씨를 쓰고 있으면 창문으로 나가려는 녀석도 있다. 내가 뒤돌아서 있으니 보지 못할 줄 알지만 그걸 어떻게 모를 수 있겠는가. 나 역시도 학창 시절, 앞에 앉은 친구에 가려 선생님이 보이지 않으면 선생님도 나를 보지 못할 거라고 생각하면서 엎드려 자거나 딴짓을 하곤 했는데……. 학생들의 심리란 참 만국 공통인 모양이다.

갑자기 돌아보거나 제지하면 창문을 넘다가 놀라서 떨어질 수도 있다. 그렇다고 그냥 내버려 두자니 한도 끝도 없이 반복하고 다른 아이들도 따라할 것이기 때문에 그냥 돌아보지 않고 칠판을 바라본 채로 천천히 경고한다.

"누군지는 모르겠지만 창문을 넘으려고 하네."

이렇게 말하면 웃으며 슬그머니 자리로 돌아와 앉는다. 반응을 보면 정말 나가려고 했던 것은 아닌 듯하고 내 관심을 끌어 보려는 장난에 가깝다.

나는 수업을 할 때에는 아이들이 직접 참여할 수 있게 발표를 많이 시키는 편이다.

"나와서 칠판에 써 볼 사람?"

"책을 읽어 볼 사람?"

그런데 문제는 늘 손드는 아이들만 손든다는 것이다. 암시르, 하띠까, 데위, 로스미니……. 그래서 요즘에는 앞으로 나와 칠판에 글을 쓴 사람에게는 '참 잘 했어요' 도장을 찍어 주기 시작했다. 그랬더니 거의 다 손을 든다.

저요! 저요!

수업 중 나가 노는 두 아이.

"싸야, 빡!"

"싸야, 빡!"

'싸야'는 '저요', '빡'은 남자 어른에게 붙이는 호칭인데 손을 들고 교실이 떠나갈 듯 외친다. 그러나 일단 선생님으로부터 호명을 받으면 여유를 부린다. 좌우의 아이들을 살펴보며 득의만만하게 아주 천천히 걸어 나온다. 만면에 웃음을 머금으며. 이곳에서는 누구든 확보한 것에 대해서는 서두르지 않는다는데 어린애라고 예외는 아닌가 보다.

처음에는 손바닥에 찍어주던 '참 잘했어요' 도장. 모든 것은 변하기 마련이어서 어떤 녀석은 이마에, 어떤 녀석은 뺨에 찍어 달라고 조른다. 혹시라도 피부에 부작용이 생길까 봐 걱정이 되어서 안 된다고 했지만 소용없다. 어쨌거나 평소에 얌전하게 수업만 듣던 아이들이 칠판에 나와서 쓰기도 하고 큰 소리로 발표도 잘하니 보람을 느낀다.

이번 토요일부터 까르야바루 초등학교 한글 수업을 오전과 오후로 늘렸다. 부기 초등학교의 한글 수업 요청을 나와 아비딘이 받아들인 까닭이다. 까르야바루와 부기 초등학교는 담도 없이 붙어 있으니 거절하기도 어려웠지만 그래도 치밀한 준비 없이 시작하게 되면 문제가 생길 수 있으므로 걱정이 앞섰다. 교재도 지급되지 않은 상태에서 하는 교육은 체계적이지 못해서 잘못하면 학생들이 흥미를 잃을 수 있으니 말이다. 게다가 나는 지금 혼자다. 한글 수업을 원하는 곳은 많은데 혼자라는 게 이렇게 아쉬울 줄 몰랐다.

한글에 대한 '온도 차'

인도네시아 정부가 찌아찌아족의 한글 사용을 공식 승인했다고 떠들썩하다. 이 소식 때문에 요란한 곳은 정작 이곳이 아니라 우리나라다. 한국의 지인들로부터 전화 연락도 많이 받고 한국의 방송 매체로부터 인터뷰 요청이 줄을 잇고 있지만 이곳 부톤 섬의 바우바우 시는 평소와 다름없이 조용하기만 하다.

아침에 학교에 출근해서부터 이제까지 이 소식에 대해 말하는 사람도, 물어 오는 사람도 없다. 너무 조용해서 한국에서의 이 뉴스가 '진실일까' 의심이 들 정도다. 그도 그럴 것이 신문을 보는 사람도 거의 없고 인터넷도 거의 접하지 못하기 때문이다.

아마 공신력 있는 방송 매체에서 확인한 사실이니 틀림없을 것이다. 그렇다손 치더라도 한쪽은 과열된 모습마저 보이는데 한쪽은 아무 일도 없다는 듯이 잠잠하기만 하니 사실 혼란스럽기까지 하다. 이게 사실이라면 우리는 이제부터 신중해져야 할 것 같다. 왜냐하면 언어와

찌아찌아 마을의
한글 학교

문자는 국가에서 정책으로 정하더라도 성공 여부는 사용하는 사람들에게 달려 있기 때문이다.

　나는 모든 여건이 충족되면 적지 않은 기간 동안 이 일에 몸담고 싶다. 하지만 찌아찌아족이 한글을 공식 문자로 채택하고 그에 걸맞게 교과서도 발행하고, 길거리의 이정표를 한글로 바꾸고, 간판·편지·핸드폰 문자 등도 한글로 쓰게 되는, 실질적이고도 확실한 한글 정착을 위해서는 훈민정음학회의 노력으로는 부족하다.

　찌아찌아족은 이곳에 약 8만 명 살고 있다. 이제 한글을 처음 배운다는 것을 고려해 충실한 내용의 교재와 교보재가 충분히 제 시간에 공급되어야 한다. 또 가능한 한 동시에 많은 인원이 교육받을 수 있어야 한다. 한글이 찌아찌아족의 공식 문자로 채택되기까지 훈민정음학회의 노력은 무모하리만치 저돌적이었다. 타민족이 한글을 공식 문자로 채택하는 것은 유사 이래 처음이기 때문에 '국가사업'은 아닐지라도 국민적 관심 사업이 된 것만은 틀림없다.

　많은 인원을 지속적으로 한글을 가르치려면 우수한 교사가 충분히 확보되어야 한다. 그들이 이곳에서 최소 2년 이상 거주하며 마음 편히 가르칠 수 있는 처우가 필요하다. 한편으로는 찌아찌아족으로서 한국어 4급 이상인 교사를 배출해 활용하는 것도 고려해 볼 만하다. 그리고 이 일이 정착되려면 안정적 지원으로 확보된 전문 인력이 꼭 필요하다. 그러므로 단순한 자원봉사 수준에 머물러서는 안 된다고 생각한다. 이미 공식화된 일이니만큼 한국 정부나 이미 바우바우 시와 교류

찌아찌아의 초등학교 학생들.
한글이 찌아찌아족의 문자로 성공적으로
자리 잡기 위해서는 더욱 체계적이고
조직적인 지원이 필요하다.

를 하고 있는 서울시 등이 계획적으로 추진해야 한다. 정부나 서울시가 정치적인 문제로 전면에 나설 수 없다면 이 일을 추진하는 민간 조직을 만들어 후원하고 지원해 주는 등 다양한 방법을 모색해야 한다.

이제 한글 나눔 프로젝트는 성공과 실패의 기로에 서 있다. 아무쪼록 우리 모두 힘을 합하여 문자 없는 찌아찌아족이 그들의 문화를 잘 계승, 발전시킬 수 있도록 관심이 지속되기를 원한다.

인기 만점
티푸스 환자

연일 비가 내렸다. 이렇게 화창한 날씨에 어떻게 비가 내릴 수 있을까 싶은데도 어느 새 먹장구름이 우르르 밀려와 한바탕 폭우를 쏟아 놓곤 했다. 들쭉날쭉한 날씨와 기온에 몸이 유연하게 따라가질 못하니 몸이 고장 난 것마냥 삐그덕거렸다.

결국 아무리 애를 써도 컨디션 조절이 쉽지 않아서 급기야 며칠 전부터 감기몸살 기운이 생겼다. 오늘 아침에는 어지럽고 구토 증세가 있는 데다 온몸이 두들겨 맞은 것처럼 아프고 열이 올랐다. 몸을 일으키는 것도 쉽지 않고 그때마다 쓰러질 듯 크게 휘청거렸다.

낯선 이국땅에서 몸이 아프니 겁이 덜컥 났다. 머리에 물수건을 올려 줄 가족이 너무 멀리 있었다.

사람들은 나에게 '마숙앙인'이라고 했다. '마숙'은 '들어오다'란 뜻이고, '앙인'은 '바람'이다. 그러니 '몸에 바람이 들었다'란 의미로 '몸살감기'에 걸렸다는 것이다. 그래서 이곳 사람들은 아무리 뜨겁고 더워도 몸을 지나치게 차게 하거나 선풍기를 쐬지 않는다. '마숙앙인' 때문에……

몸을 먼저 잘 추스르고 건강을 되찾는 것이 우선이라고 생각했지만 땀으로 축축하게 젖은 옷을 갈아입고 학교에 갔다. 수업은 역시 무리였는지 한 시간을 간신히 끝내고 교탁 옆 자리에 주저앉고 말았다. 지금이라도 숙소로 돌아가서 좀 쉴까 하는 생각이 들었지만 내게 주어진 수업을 꾸역꾸역 마치고 나서야 숙소로 향했다. 몸도 몸이지만 주인집 딸인 밧마와 약속이 잡혀 있었기 때문이다.

교사 양성 과정에 필요한 예산을 받아야 하는데 그러기 위해서는 통장이 필요했다. 마침 밧마가 은행에 높은 사람을 알고 있다며 자기랑 동행하면 가능할 거라고 했다. 몇 번 통장을 만들려다 끼타스외국인 거주 허가증가 없다고 거절당했던 터라 밑져야 본전이라는 마음으로 같이 가보기로 했다. 물론 그날 밧마로부터 일정을 미뤄야겠다는 야속한 이야기를 듣게 되었다.

하루 쉬면 괜찮겠지 했는데 벌써 여러 날이다. 일어나서 세수를 하고 밥 먹고 나면 학교에 갈 수도 있지 않을까 하고 생각했지만 며칠째 몸살감기에 걸린 몸으로 학교까지 무리하게 나갔더니 힘이 하나도 없고 열 때문에 정신이 몽롱하다. 결국 학교에 가는 걸 포기하고 병원으로 향했다.

그런데 부톤의 병원은 참으로 낯설었다. 반듯하게 다림질한 흰 가운을 입은 의사는 찾아볼 수 없었다. 내가 만난 의사는 체격은 작고 왜소

했으며 코끝에 살짝 안경을 걸친 젊은 의사였는데 그나마도 장발이었다. 브라운 색 면바지에 어깨에는 조그만 가방을 매고 있었다. 마치 어디에 가려거나 다녀오는 사람처럼 말이다.

증상에 대해서 묻고 답할 때도 진료실이 아닌 현관에 있는 긴 나무 의자에 나란히 앉아 담소하듯이 이야기했다. 이 사람이 의사가 아니라면 내 몸에 대해 이렇게 자세하게 답변을 할 필요는 없었을 텐데, 하는 생각이 들 정도로. 병원에서 유니폼을 제대로 갖춰 입은 사람은 오직 간호사뿐이다. 다행이다. 인도네시아의 간호사는 내가 생각했던 이미지의 백의의 천사이니.

의사는 내게 몇 가지를 묻더니 피검사를 해야 한다며 따라오란다. 그런데 이 병원은 누가 설계했을까. 아니 무슨 병원 건물을 이렇게 설계했을까 싶다. 갑자기 식당 주방을 가로지르고, 가정집 앞뜰에 있는 보도블록을 10개쯤 밟고 지나가야 허름한 건물의 검사실이 나온다. 그곳에서 아픈 몸으로 한두 시간을 기다리고 있으니 의사가 오라고 손짓을 한다. 피를 뽑고 이번에는 약을 처방받기 위해서 약국으로 따라갔다. 어두컴컴한 약국에는 유리로 만든 진열장 4개와 벽을 돌아가며 선반이 설치되어 있었다. 유리로 만든 약장 중 두 군데에는 약이 진열되어 있었고 다른 두 군데에는 빵, 과자, 물 등 간식이 놓여 있었다. 아마 약국과 매점을 겸하고 있는 것은 아닐까 싶었다.

약국에는 주술사 같은 아주 작은 노파가 무릎을 세워 거기에 턱을 괴고 앉아 있었는데 의사는 노파에게 설명을 하고 노파는 다시 옆에 있는 소년에게 전달했다. 소년은 조제실 같은 곳에 가서 몇 가지 약을 조제해 나온다.

의사가 나에게 말했다.

"티푸스예요. 절대 안정을 취하고 충분한 휴식과 영양을 섭취해야만 합니다."

"티푸스요? 마숙앙인이 아니고요?"

"하하하, 아니에요. 티푸스에 걸렸어요"

의사의 설명을 듣고 있는데 갑자기 그 목소리가 아득하게 들리고 눈앞이 빙글빙글 돌았다. 시야에 잠시 들어와 있던 약사 할머니도, 의사도, 소년도 모두 다 빙글빙글 돌며 사라졌다. 그리고 그 자리에서 바로 입원을 하게 되었다.

모르는 게 약이라고 했던가. 티푸스인 줄 모르고 병원을 찾았을 때는 나 나름 씩씩하게 걸어 들어오려고 애썼다. 그런데 내가 티푸스에 걸린 것을 알고 나니, 어지럼증과 구토 증세 때문에 몸을 가눌 수가 없다. 마치 의사의 말이 주문이라도 된 것처럼 내 몸은 티푸스라는 마법에 단단히 묶인 거 같다.

그런데 갑자기 간호사가 한꺼번에 네 명이나 들어와 내 옆에 선다. 오, 이런 내게 또 큰 문제라도 있는 건가. 구토가 나는데 혹시 식중독? 그러니까 에스짬부르_{빙수}를 진작 끊어야 했어. 심각한 표정의 나를 간호사들이 유심히 바라봤다.

그러다가 증상을 묻고 침대에 누인 뒤, 체온과 맥박을 재고 링거주

사를 놓는 것을 거의 동시에 하는데 내 고통에는 별로 관심 없고 스스로 맡은 일을 씩씩하고 즐겁게 하는 것 같았다.

"이건 뭐예요?"

"저건 뭐예요?"

끝도 없이 물어본다. 이래저래 처치를 하면서도 계속 묻는다. 간호사들은 이곳에서 한국 사람을 처음 본 모양이다. 간호사들이 참 호들갑스럽게 물어 오니 정신이 하나도 없다. 그래도 간호사 복장을 한 사람들이 오고 가니 왠지 그것만으로도 안심이 되었다.

티푸스로 정신을 잃었다 깨어나다.

인도네이사의 간호사들은 호기심이 많아 한국어도 많이 물어보고 한류 스타에 대해서도 물었다.

저녁이 되자 식사로 죽과 물과 계란이 나왔다. 그런데 나를 담당한 간호사 윈디가 식판을 들고 와 옆에 나란히 앉았다. 무거운 몸을 일으켜 식판을 잡으려고 손을 내밀었을 때 윈디가 말했다.

"죽을 떠먹여 줄 테니 입을 아, 하고 벌리세요."

'먹여준다고?' 나는 깜짝 놀라 손사래를 쳤다.

가을, 한글을 수확하다

"괜찮아요. 제가 먹을 수 있어요."

아무리 몸이 아파도 그렇지 간호사가 밥을 먹여 준다는 얘기는 어디에서도 들은 바가 없었다. 설령 인도네시아에서는 간호사가 모든 환자들에게 밥을 먹여 준다고 해도 그건 내게는 왠지 멋쩍은 일이어서 거듭 거절했다.

그런데 간호사 윈디는 생긋 웃고만 있다. 그러면서 계속 먹여 주겠다고 했다. 결국 식판을 앞에 두고 옥신각신하다 포기하고 말았다. 윈디의 태도가 양보할 기색이 없다. 혹시 내가 먹지 않으면 입장이 곤란하려나 하는 생각이 들었기 때문에 결국 흰 죽을 한 입 한 입 받아먹었다. 쑥스러우면서도 고맙고 친절이 스스럼없어서 잠시지만 가족인 것처럼 위안과 위로가 되었다.

병원에 있는 동안 윈디의 도움을 참 많이 받았다. 백의의 천사, 윈디는 내가 궁금해하는 모든 질문에 웃으며 대답을 해 줬는데 한번은 병실을 아무리 살펴봐도 호출 버튼이 따로 없어서 물었다.

"윈디, 내가 아플 때 간호사를 부르고 싶으면 어떻게 해요?"

"아, 그건요. '윈디~' 하고 부르세요."

새벽에 눈을 떴다. 소음이 심해 잠을 이룰 수가 없었다. 병실 바깥에서 들리는 사람들의 대화 소리, 아이들 울음소리, 발자국 소리……. 도저히 잠을 이룰 수가 없어서 윈디에게 말했다.

"윈디, 이 병원은 병실 안에서도 바깥에서 말하는 소리가 너무 잘 들려요."

소란하다는 말을 기분 상하지 않게 돌려서 넌지시 말했다. 그랬더니 윈디가 진지한 표정으로 말했다.

"그건 환자들이 의사나 간호사를 부르는 소리가 쉽게 들릴 수 있게 병원을 지었기 때문이에요."

꽤 진지한 얼굴인 걸 보니 아무래도 농담은 아닌 것 같다. 하지만 소음은 둘째 치고 정작 나를 성가시게 한 것은 모기와 벌레였다. 자꾸만 귓가에서 모기가 속삭여대는 바람에 잠을 잘 수가 없었다. 이것도 간호사에게 말을 하려다 무슨 약을 얼마만큼 뿌려댈지 몰라 그냥 참기로 했다. 언제 모기와 벌레가 공격해 올지 모르니 정신은 이미 말짱해졌다.

누워서 하릴없이 천장을 바라보고 있는데 높고 흰 천장이 눈에 들어왔다. 천장의 한가운데 매달린 전구 주위로는 넓고 둥근 노란색 문양이 있었다. 파문처럼 여러 개의 고리 모양의 문양을 보고 있으니 한국에서 가끔 맛있게 먹던 녹두빈대떡이 생각났다. 그것만 먹어도 난 지금 당장 털고 일어날 것 같은데 말이다.

높다란 벽 가장자리에는 손바닥만 한 창문이 하나 있다. 있기는 한데 없는 거나 마찬가지다. 창문 너머는 옆 병실인데 그나마 비닐로 밀폐시켜 놓았기 때문이다. 커다란 창문을 통해 세상을 내다보고 싶은데 그럴 수가 없다. 괜히 창문도 아닌 창문 때문에 내 신세가 더 처량하게 느껴져서 문득 만델라와 신영복 교수가 차례로 떠올랐다가 사라졌다. 그렇게 병원의 첫날 밤이 지나갔다.

내가 입원했다는 소식이 어떻게 전해졌는지 청승 떨 시간도 없이 다음 날부터 하루가 멀다 하고 손님이 꽉 들어찼다. 이인수 씨도 아비딘도 가족과 함께 다녀갔는데 걱정을 끼쳐서 미안했다.

입원한 다음 날은 부시장과 공무원 입누, 그리고 제1고등학교 학생들이 찾아왔다. 부시장은 시장이 보내서 왔노라고 했다. 부시장은 내안색을 유심히 살피더니 의사와 간호사를 만나서 내 건강 상태를 일일이 확인했다. 부시장은 간혹 고개를 끄덕거리거나 되묻기도 했는데 모든 것을 만족스럽게 확인한 후에는 시장에게 전화를 걸어 이것저것 열심히 보고를 했다.

매일매일 병실은 학생들로 꽉 찼다. 일일이 말 상대를 한다는 것이 체력적으로도 부담이 되었지만 아이들은 매일같이 찾아왔다. 다른 환자들이 신기해할 정도로. 그도 그럴 것이 학교마다 또 반마다 모여서 같이 오니 병원에서는 보기 드문, 어마어마한 손님이긴 했다.

게다가 아이들을 보면 병문안 온 게 아니라 내 병실에 소풍 나온 것 같았다. 낡았지만 에어컨도 있고, 1인실이다 보니 옆 환자에게 방해를 주지도 않으니 말이다.

물론 나는 환자였지만 아이들이 올 때마다 매점에서 열심히 과자를 사다 날랐다. 비록 나는 죽 한 그릇과 삶은 계란 하나 그리고 물 한 컵으로 보내고 있지만 말이다. 그나마도 그릇에서 나는 쇠 냄새와 어우러져 먹을 때마다 비위가 상해 속이 울렁거렸지만 아이들이 과자를 맛있게 먹는 모습을 보며 아픈 줄도 몰랐다.

그래서 학교가 끝날 무렵이면 곧 들이닥칠 아이들에게 무엇을 주면

병문안 온 아이들 때문에 아픔이 사라지고는 했다. 고마운 녀석들.

좋아할까 고민하는 게 병원 생활을 이겨나가는 즐거움이었다. 그리고 병원에 있는 동안은 수업을 할 수가 없었는데 학생들이 직접 찾아오니 자연스럽게 '살아 있는 한국어' 수업 시간을 가질 수 있어서 다행이었다. 그중 어른스러운 '까디르'가 내 옆으로 다가오더니 걱정스러운 눈으로 내려다보며 물었다.

"선생님, 많이 아파요?"

"음, 어지럽고 힘이 좀 없네."

"선생님, 마숙앙인이에요."

한류, 한국어, 그리고 한국

"선생님."

집에서 쉬고 있는데 아비딘 선생이 찾아왔다. 그렇지 않아도 《찌아찌아 교과서 2》 집필 작업 때문에 아비딘 선생과는 요즘 들어 거의 매일 만나다시피하고 있었다. 아비딘이 웃으면서 나를 불렀다. 웃으면서 부른다는 것은 뭔가 약속을 지키지 않은 일이 있다는 뜻. 불길한 예감이 스쳤다.

"왜?"

"어떤 여자가 찾아올 거예요."

"여자가?"

밑도 끝도 없이 웬 여자란 말인가? 그리고 이어진 아비딘 선생의 말인즉슨 한국어를 배우고 싶어 하는 두 학생의 어머니가 방문할 예정인데 그 사실을 나에게 먼저 묻지도 않고 약속을 잡아 주었다는 것이다. 그러니 내 앞에서 쭈뼛쭈뼛하고 있을 수밖에……

아비딘 선생의 말이 끝나자마자 한 중년 여성이 두 딸과 함께 방문했다. 자신의 두 딸이 한국어를 너무 배우고 싶어 하는데 마침 한국어 선생님이 있다는 소식을 전해 듣고 찾아오게 되었다고 설명했다.

나이가 어떻게 되냐고 물어봤더니 한 명은 고등학생이고 또 한 명은 중학생이라고 했다. 둘 다 내 앞에서 몹시 수줍어하면서도 엄마가 이것저것 시켜보자 서툴지만 비교적 쉬운 단어를 몇 개를 말했다. 그 밖에도 어머니는 아이들이 내게 뭔가를 보여 주기를 계속 재촉했다. 두 소녀는 요즘 유행하는 한국 노래를 불렀는데, 단어를 말할 때와는 달리 발음이 비교적 정확했고, 긴장했지만 즐거운 표정이었다. 한국의 대중가요를 듣고 한국에 관심을 갖게 된 것이 분명했다. 눈치를 챘음에도 나는 두 소녀에게 물었다.

"왜 한국어를 배우고 싶어요?"

"한국이 좋고, 한국말이 무조건 좋아요."

수줍어서 몸을 배배 꼬면서도 내가 하는 질문에 하나도 빠짐없이 할 말은 다했다.

나는 잠시 생각했다. 사실 한국어를 간절히 원하는 사람에게 가르치면 그 효과는 매우 클 것이고, 가능하면 무작위로 한국어를 가르치기보다는 진심으로 희망하는 사람에게 가르치고 싶은 것이 사실이다. 하지만 나는 나를 파견한 곳에서 학교 학생 이외의 다른 사람에게 한글 또는 한국어 교육을 허락받은 바가 없다. 우선 내가 이곳에 온 목적이 분명히 있기 때문에 지금 내가 맡고 있는 일에 최선을 다해야 하지 않을까 싶었다.

"미안해요. 가르칠 수가 없어요. 하지만 두 사람 모두 한국어를 멈추지 않고 배웠으면 해요."

고민 끝에 나는 두 소녀와 어머니에게 한국에서 사용되고 있는 초등학교 1학년《읽기》와《쓰기》책을 선물하고 뜻을 잘 모르더라도 여기에 나온 말들을 따라 쓰는 연습을 하라고 일러 주었다. 그러면 언젠가 기회가 있을 거라는 말도 덧붙였다.

생각해 보니 이런 일도 있었다. 이곳에 도착한 지 며칠 안 되었을 때 일이다. 어느 날 저녁에 방에서 쉬고 있는데 노크 소리가 들렸다. 무슨 일인가 싶어 문을 열어 보니 웬 아가씨가 서 있었다. 그리고는 자기 집이 이 근처인데 같이 식사할 수 있겠냐고 나에게 조심스럽게 물어봤다. 하지만 젊은 여자가 밤에 방문하는 것도 이상했다. 오해를 살 만한 행동은 하지 않는 게 좋겠다는 생각이 들어, 고맙지만 저녁 식사를 이미 했다고 정중히 거절했다.

그리고 다음 날 입누와 같이 최종적으로 방을 계약하기 위해서 매니저를 불렀는데 전날 식사를 함께하자고 했던 그 젊은 아가씨가 왔다. 그녀가 이곳 매니저였던 것이다. 잠시 불순한 생각을 하고 경계했던 것이 미안해졌다.

나중에 알고 보니 앞에서 말했던 두 소녀와 마찬가지로 이 아가씨 또한 한국 드라마나 가수를 통해서 우리나라를 동경하고 있으며 나를 찾아온 이유도 한국어를 배우고 싶어서였다.

부톤 섬에 있는 동안, 가장 많이 들었던 한국말은 비, 금잔디, 김범, 샤이니 등 바로 한국 연예인과 관련된 말이었다. 이곳에 얼마만큼 한류 바람이 불고 있는지 잘 알 수 있는 대목이다. 덕분에 인도네시아 사람은 한국에 대해서 무척이나 긍정적인 이미지를 가지고 있다. 어느 정도는 동경의 대상이고, 최소한 한 번쯤 가보고 싶은 나라가 바로 우리나라다.

나는 이곳에 한글과 한국어를 가르치러 온 사람이다. 동시에 그들이 텔레비전에서나 봐 왔던 바로 그 한국인이기도 하다. 물론 연예인이 아니지만 한글·한국어 교사다. 그렇기에 나는 한글을 통해 한국이라는 나라를 이곳에 알리고 싶다. 때문에 나는 이들에게 더 다가간다. 텔레비전 속 선망의 대상, 한 번쯤 가 보고 싶고 동경하는 나라의 사람이 아닌, 늘 옆에서 웃고 있는 친구처럼 손 내밀면 언제나 잡아 줄 수 있는 한국을 보여 주고 싶기 때문에.

한글은 '선물'이다

훈민정음학회에서 한글 나눔 사업을 하는 이유는 문자가 있어야 언어와 문화가 소멸되지 않는다는 믿음 때문이다. 찌아찌아족에게는 한글이 단순한 문자가 아니라 세계와 소통하고 미래를 열어가는 열쇠인 셈이다.

그리고 지금 한글과 한국어 교육은 이곳 고등학교 세 곳과 초등학교 한 곳에서 이루어지고 있다. 물론 교육은 뜨거운 호응과 열기 속에서 진행되고 있지만 조금 더 자세히 살펴보면 문제가 전혀 없는 것은 아니다. 찌아찌아족이 사는 소라올리오 지역에는 초등학교가 다섯 곳이 있는데 현재 한글 교육이 이루어지고 있는 학교는 까르야바루 초등학교 한 곳 뿐이다. 그나마 4학년만 수업하는데 내가 인도네시아에 온 지 반년이 지난 지금은 4학년과 5학년, 두 개 학년으로 수업이 늘어난 상태다.

그렇다고 다른 학교에서는 한글 교육을 거부하느냐 하면 그건 아니

부기 초등학교 아이들. 찌아찌아족이 모여 사는 소라올리오에는 까르야바루 초등학교 말고도 초등학교 네 곳이 더 있다.

다. 나머지 4개 학교에서도 한글 교육을 절실히 원하고 있다. 문제는 나 혼자로는 역부족이라는 거다. 그들은 현재 제한적으로 한글 교육이 이루어지고 있는 상황에서 "우리도 찌아찌아족이고, 한글이 찌아찌아족의 공식 문자이므로 우리도 교육받게 해 달라"고 말하고 있다.

권재일 국립국어원장이 문화일보 칼럼에서 밝힌 것처럼 일반적으로 한글 보급이 성공하려면 나누어 주는 쪽의 정성과 받아들이는 쪽의 호응이 필요하며 이러한 상태가 여러 해 지속되어야 한다고 했다.

찌아찌아족이 한글 교육을 원하고 한글을 가르쳐 달라고 하니 공은 이제 우리에게 넘어온 셈이다. 명실공히 한글이 찌아찌아족의 공식 문자로 구실을 하려면 학생은 물론이고 희망하는 주민에게도 한글 교육을 해 주어야 한다. 그러기 위해서는 한글 선생님의 수도 늘려야 하고 그에 따른 신분보장, 지원 등 처우 개선도 뒤따라야 한다.

그래야 소명 의식과 직업의식으로 무장을 하고 교육을 할 수 있기 때문이다. 지금처럼 자원봉사자의 신분으로 혼자서 교육 및 제반 행정과 필요한 모든 일을 진행하는 것은 무리가 있다. 무엇보다 찌아찌아의 인구는 8만을 헤아리는데 단지 까르야바루 초등학교 학생에게만 한글 교육을 하고 있으니 아쉬움이 크다.

한글날을 앞두고 KBS에서 취재를 왔다. 나는 이들에게 제2고등학교에서 진행하고 있는 한국어 교육과 까르야바루 초등학교에서 이루어지는 한글 교육을 보여 주었다. 한국에서는 한글이 인도네시아의 찌아찌아족에게 전파되는 것에 대단히 관심이 많고, 모든 것이 순조롭게 진행되는 줄 알고 있는 거 같았다. 나는 이들에게 이와 같은 아쉬움을 전했다. 아무쪼록 내 마음이 온전히 전달되어 한국에서 더 큰 관심을 가져 주길 바라면서 말이다. 때마침 한글날을 맞아 방송국에서도 취재를 왔으니 학생들에게 한글날에 대한 이야기를 해 주기로 마음먹었다. 먼저 제2고등학교에 갔다.

"찌아찌아처럼 원래 한국에도 문자가 없었습니다. 대신 한자로 글을 썼지요. 하지만 실제 쓰는 말과 글이 다르고, 한자가 어렵다 보니 많은 백성이 글을 쓸 수가 없었습니다. 그래서 세종대왕은 백성이 서로 뜻을 쉽게 전할 수 있도록 학자들과 함께 글자를 만들었습니다. 바로 그것이 여러분이 배우고 있는 한글입니다."

한글이 만들어지게 된 계기를 고등학생에게 설명을 하니 제대로 이해하는 듯했다. 서툰 인도네시아어와 그에 못지않은 영어로 말했지만 학생들은 용케 알아듣고 감탄도 하고 연신 고개를 끄덕인다.

어떤 부분에서 찌아찌아와 우리나라는 비슷한 셈이다. 말이 있으나

글이 없었다는 점. 그래서 새롭게 글자가 생겼다는 점. 그리고 이제 똑같은 한글을 쓰는 민족이라는 점. 때문에 나는 한글을 가르칠 때마다 벅찬 감격에 빠지는 것이다.

다음은 까르야바루 초등학교. 제2고등학교 학생에게 설명해 주었던 것처럼 한글의 유래를 설명했다. 오늘만큼은 교단과 책상에서가 아니라 둥글게 둘러앉아 자연스러운 대화로 이들과 더 가까워지는 시간이 되었으면 했다. 그런데 초등학생에게 한글날을 설명하는 것은 왜 그렇게 어려운지. 어려서 그런 건지, 아니면 내 서툰 인도네시아어 실력 때문인지 모르겠다. 에이 모르겠다. 얘들아! 밖에 나가서 놀자.

초등학교 앞에는 늘 장난감을 파는 아주머니가 두세 분 계셨다. 아주머니들은 단물, 과자, 막대 사탕 등 군것질거리와 팽이, 요요, 인형, 피리, 비눗방울 등 놀 거리를 펼쳐놓았는데 웬만한 아이에게는 그림의 떡이었다. 나는 아이들을 위해서 놓여 있던 물건을 전부 샀다. 아주머니들은 몇 번이나 고맙다는 말을 하고 기쁜 낯으로 돌아갔다. 한글 생일인 한글날 이런 일도 있어야 하지 않겠나 하는 생각이 들었다. 물론 그 내막이야 아주머니들은 모르겠지만 말이다.

내게서 생각지도 않은 선물을 받아든 학생들은 무척이나 기뻐했다. 그 순간, 번쩍하고 어떤 생각이 떠올랐다. 그래서 잠시 아이들을 불러 놓고 말했다.

"여러분, 한글이 어떤 의미인지 알아요?"

"어떤 의미인데요?"

아이들에게 준 한글날 선물.

　"바로 '선물'이에요."

　말을 하고 보니, 아이들은 더욱더 이해를 하지 못하는 듯했다. 물론 아이들이 내가 말하고자 했던 의미를 온전히 이해하길 바라지는 않았다. 단순하게 생각하면 이 장난감으로 인한 기억으로 한글날을 즐겁고 기억할 만한 날이라고 생각해 주는 것만으로도 고마울 것 같았다.

　그런데 곰곰이 생각해 보니, 한글은 분명 '선물'이었다. 한글을 통해 우리는 사랑하는 사람에게 마음을 전하고, 소중한 사람에게 감사의 말을 전한다. 이 모든 것이 백성을 사랑하고 아낀, 세종대왕께서 우리에게 주신 선물이 아닐까? 그리고 나는 그분께서 주신 선물을 가득 전달하기 위해 이곳에 온 사람은 아닐까?

마침 한국에서 촬영팀이 왔다. 아이들은 수업 내내 방송 촬영을 의식했는지 평소보다 더 적극적으로 수업에 임해 주었다. 목소리도 두 배는 커지고, 카메라가 자신을 향하면 더 또렷또렷해지고, 손도 번쩍번쩍 들어 주었다. 덕분에 촬영은 순조롭게 끝났다.

오늘 촬영한 것이 방송에 나갈 때쯤이면, 한국의 많은 사람이 찌아찌아족에게 더 많은 관심을 갖게 될 거라 생각한다. 그렇게 되면 아마도 한글 교사가 이곳에 더 파견되게 되는 계기가 될지도 모른다. 어서 빨리 두 손 가득 한글이라는 선물을 가지고 한글 교사가 이곳에 왔으면 좋겠다. 여기, 선물을 기다리는 수많은 찌아찌아인 곁으로…….

퍽, 퍽,
바우바우 시의 날

바우바우 시 전체가 들썩들썩하다. 10월 14일은 바우바우 시의 날인데, 이미 보름 전부터 학생들은 퍼레이드 준비 때문에 부산스러웠다. 퍼레이드는 공설 운동장에서부터 시작해서 시장 공관 앞에서 끝나는데 시장 공관 앞에는 며칠 전부터 연단이 준비되었다. 그리고 한글날 농촌진흥청 초청으로 한국에 다녀왔던 아미룰 타밈 시장은 그 연단에서 사열식을 할 예정이었다.

하루는 초등학교·중학교·고등학교 학생들이, 다음 날은 각 기관별로 퍼레이드를 진행하는데 이 때문에 분위기가 어수선해 수업이 제대로 이루어지지 않았다. 학생들은 한 달 전부터 단축 수업을 하고 퍼레이드를 준비해 왔다. 우여곡절 끝에 수업을 마무리하고 나면 학생들은 부랴부랴 가방을 싸서 행사 준비를 하러 갔다.

드디어 행사가 있는 날. 학생들은 우르르 행사장으로 빠져나갔다. 나 또한 바우바우 시의 초청을 받았기 때문에 수업을 마치는 대로 시장 공관에 가봐야 할 터였다. 그러나 한글 교사 양성 과정 수업을 해야 하는데, 각종 행사로 자꾸만 늦어지니 한편으로는 마음이 편치만은 않았다. 뭔 행사가 이렇게 많은지. 한글 교사 양성 과정이 무사히 진행되면 좀 더 느긋하게 즐길 수 있으련만.

오전 수업이 끝나자마자 숙소에 들러서 간편한 복장으로 갈아입고 카메라를 챙겼다. 바우바우 시의 날 기념행사가 열리는 까말리 해변 앞 시장 공관으로 향했다. 행사장 부근 도로는 행사를 구경하러 온 사람으로 인산인해를 이루고 있었다. 이번 행사의 꽃은 뭐니뭐니해도 시가행진이다. 행진은 바우바우 시에 위치한 초등학교부터 대학교까지 모든 학교가 전부 참여하며 공무원도 기능별 단위로 참여했다.

아무래도 어떤 행사에 자기가 아는 사람이 나오면 관심이 생기기 마련이다. 전 학교와 공무원이 이번 행진에 참여하다 보니 가족이 이들을 보기 위해서 거의 다 구경하러 나온 듯했다. 특히 구경거리가 흔치 않은 이곳 사람들에게는 행사 퍼레이드를 구경하는 일은 특별한 경험이었다. 바우바우 시의 날 행사는 당연히 1년에 한 번뿐이니 말이다. 모두들 더위 때문에 지쳐있을 시간이지만 행사를 구경하기 위해서는 뜨거운 태양에도 아랑곳하지 않는 모습이었다. 나도 사진을 찍으면서 우리 반 아이들의 행렬이 가까이 오면 손을 흔들며 응원을 했다. 바우바우 시의 아미룰 타밈 시장과 군부 요인이 앉아 있는 단상 앞은 시가행진이 정점을 이루는 곳인데 단상을 지나자마자 행진은 끝이 난다. 약 2킬로미터의 시가지를 행진하고 온 학생들은 단상 앞에서 3~5분간 퍼포먼스를 한다.

퍼포먼스의 내용도 다양한데 전통춤을 추기도 하고 서커스 같은 묘기를 하면서 사람이 가장 많이 모인 그곳에서 시민에게 볼거리를 제공한다. 퍼포먼스를 마치면 바로 단상 앞을 지나며 "우로 봐!"와 함께 경례를 하게 된다. 이 순간이 학생들이 가장 긴장하는 순간이다. 학생들은 긴 행진과 퍼포먼스로 지친 가운데에도 젖 먹던 힘까지 끌어내어 경례 구호와 함께 절도 있는 동작으로 단상 앞을 지나갔다.

그런데 단상을 지나자마자 쓰러지는 학생이 속출하기 시작했다. 대부분 여학생이었는데 정신을 완전히 놓고 길거리에 쓰러지는 바람에 말 그대로 "퍽 퍽" 하는 소리가 났다. 나는 이 광경에 너무 놀란 나머지 자리에서 벌떡 일어났다.

그런데 이런 일이 새삼스러운 건 아닌 모양이다. 매년 시가행진 때마다 있는 일인지 순식간에 쓰러진 학생을 들것에 싣고는 유유히 행사장을 빠져나갔다.

"아두."

"아두아두."

"삥산."

내 주변에 있던 사람들이 그 모습을 바라보고는 안타까운 듯, 한마디씩들을 했다. '아두'는 우리말로 '아이고' 정도의 뜻이고 '삥산'은 '졸도' 혹은 '기절'이란 뜻이다. 뜨거운 태양 아래 오랜 시간 동안 시가행진을 했으니 쓰러질 수밖에. 그러나 퍼레이드를 모두 마치고 긴장

바우바우 시의 날 아침, 걷기 행사를 하는 시민들.

바우바우 시의 날 퍼레이드.

이 풀어져서 쓰러지는 아이들의 모습을 바라보는 시선에는 안타까움 이외에도 어떤 대견스러움 같은 것이 함께 스며 있었다.

그러나 아무리 사고에 대한 준비가 되어 있더라도 놀랄 수밖에 없는 일. 더구나 쓰러진 사람이 자기의 가족이라면 얼마나 마음이 아플까 싶었다. 그러거나 말거나 사고 현장은 후다닥 수습이 되고, 다음 행렬이 단상 앞에서 퍼포먼스를 진행했다. 물론 뒤따라오던 행렬은 그들의 퍼포먼스가 끝나길 기다리며 줄줄이 서 있다. 저들은 이곳까지 걸어오느라 또 얼마나 힘이 들었을지 하는 생각이 들자 오늘 태양은 유달리 더 뜨겁게 느껴졌다.

고등학교 시절, 나 또한 여의도 광장에서 국군의 날 행사에 참여하기 위해 한 달 가까이 퍼레이드를 연습한 적이 있다. 나무 그늘 하나 없던 광장의 아스팔트는 태양열로 이글이글 타올라 아지랑이가 피어오르는 것이 보였다.

연습에 참여하고 학교에 가면 까맣게 그을린 얼굴과 팔뚝 때문에 다른 학생과 구별이 되었다. 국군의 날 행사에 참여하고 오면 현역군인과 합동으로 행사를 치른 무용담 때문에 학교가 시끌벅적했다. 학교 밖에서도 마찬가지였는데 학원이 있는 종로에 나가면 얼굴은 물론이고 교련복을 걷어 올린 팔뚝이 까맣게 그을린 키 큰 학생은 국군의 날 행사에 참여한 것이 거의 틀림없었다.

하지만 이번 바우바우 시의 날 행사에 참여한 학생도, 참여하지 않은 학생도 피로와 더위에 지치기는 마찬가지여서 행사 다음 날에는 어김없이 수업 시간에 대부분 졸겠지. 아마 내일 수업 시간에는 전날 시가행진 때문에 피로와 더위에 지친 아이들은 내가 떠들건 말건 잠이 들거나 꾸벅꾸벅 졸 텐데…….

찌아찌아 교과서
중급편 완성

"완성!"

드디어 찌아찌아 교과서 중급편이 완성되었다. 약 5개월이 걸렸는데, 자료 수집 등 준비 기간까지 치면 10개월 정도가 걸렸다. 인도네시아에 오자마자 아비딘과 함께 준비해서 두 번째 학기가 거의 끝나갈 무렵 완성했으니 내 인도네시아 1년을 오롯이 바친 셈이다.

책 제목은 《바하사 찌아찌아 2》로 정했다. 《바하사 찌아찌아 1》이 한글의 자모 익히기와 읽기 등 기호에 중점을 둔 책이라면 《바하사 찌아찌아 2》는 실생활에 많이 쓰이는 어휘와 찌아찌아 학생과 주민의 대화 속에 사용 빈도가 높은 단어, 문장을 주로 실었다. 또 훈민정음학회의 취지, 즉 찌아찌아족의 문화와 전통을 보전하고 전승 기록하기 위해 우리는 단지 문자를 나눌 뿐이라는 정신에 입각하여 내용도 철저히 그들의 생활과 풍습에 초점을 맞췄다. 다시 말해서 문자는 한글이지만 의미와 내용은 찌아찌아족의 것으로만 국한했다. 그래야만 문화의 잠식,

《바하사 찌아찌아 2》를
완성하다.

더 나아가 문화적 침략이라는 오해를 사지 않을 수 있기 때문이었다.

2009년, 당시 훈민정음학회 회장이자 서울대학교 언어학과 교수였던 김주원 교수는 중앙일보 기고에서 "우선 한글과 한국어의 차이를 정확하게 이해해야 한다. 한글은 말을 적는 도구다. 한글로 찌아찌아족의 말을 표기한다는 의미는 찌아찌아족의 말이 지금보다 더 활발하게 쓰이도록 하는 수단으로서 한글이 사용된다는 뜻이다. 즉, 한글을 통해서 절멸 위기에 처한 언어를 구해낸다는 것이다. 따라서 한글 나눔은 한글로써 인류의 언어와 문화 다양성 보전에 이바지한다는 시각에서 이해되어야 한다"고 말했다. 나와 아비딘도 마찬가지 생각이다.

《바하사 찌아찌아 2》를 위해서 아비딘과 나는 학교 수업을 마치고 오후에는 항상 머리를 맞대고 고민했다. 아는 것보다 모르는 것이 더 많아서 교과서를 만드는 일이 쉽지만은 않았다. 그러다 보니 단어 하나, 띄어쓰기 하나도 일일이 부딪쳐 문제가 생길 수밖에 없었다. 하지만 서로가 서로에게 든든한 지원군임을 믿고 나가는 수밖에 없었다.

나는 가끔 교과서를 만들면서 이현복 명예교수가 생각났다. 이현복 서울대학교 명예교수는 '한글 해외 전파'의 개척자로 1994년부터 2003년까지 매년 두세 차례 태국 북부의 소수민족인 라후족을 찾아 한글을 전파하는 활동을 펼쳤다. 처음 5년 동안은 라후어의 음운을 분석하는 작업을 통해 어떤 글자가 필요한지 연구했고 이후 산골 마을 사람 20여 명을 대상으로 라우어를 한글로 표기할 수 있도록 가르쳤다고 한다.

사실 현지에서 교육하고 있다는 점 외에는 책을 만들 수 있는 충분한 자격이 내게 있는 것은 아니다. 경험도 없었고 언어에 대한 전문가도 아니었다. 나는 여기서 장영희 교수의 에세이 〈내 생애 단 한 번〉의 서문에 쓰여 있는 글을 소개함으로써 《바하사찌아찌아2》를 만들었던 내 마음을 대신하고자 한다.

> 꿀벌은 원래 날 수 없는 구조를 가지고 있다고 한다.
> 꿀벌은 그 사실을 모르고 당연히 날 수 있다고 생각하고
> 열심히 날갯짓을 하여 정말로 날 수 있다는 것이다.
> 나의 글도 재능이 아니라 꿀벌처럼 본능이다.

출처는 알 수 없으나 장영희 교수가 인용함으로써 이 글은 더 빛나게 되었으며 인문학적 가치까지 더하게 되어 멋진 문장으로 다시 태어

났다고 나는 생각한다.

훈민정음학회 백두현 회장은 내가 부톤 섬으로 떠나기 며칠 전 "교과서는 현지에 있는 교사가 만드는 게 쓸모도 있고 의미가 있는 것이 아니겠는가" 하는 교과서 제작의 지침을 주서서 나 스스로의 능력도 돌아볼 겨를도 없이 순종하는 마음으로 만들게 된 것이다. 그러니 나의 무지가 교과서를 만들게 했는지도 모른다.

앞뒤 가리지 않고 덤벼든 나도 그렇지만, 능력도 없는 나를 검증도 없이 믿고 교과서 편찬을 맡긴 백두현 회장의 배짱도 궁금하다. 뭘 믿고 맡기셨는지 말이다.

사람은 자신을 믿어 주는 사람 때문에 자신의 능력을 넘어서는 일도 가끔 한다. 자신이 날 수 없다는 걸 모르는 꿀벌이 나는 것처럼.

가락에
한글을 얹다

나는 부톤 섬에 머무는 동안 학교에서 한 번도 피아노 소리를 들어 본 적이 없었다. 가끔 행사가 있을 때나 아이들이 합창 연습을 할 때 북과 같은 타악기를 두드리며 박자를 맞추는 것은 몇 번인가 보았지만 건반 악기를 보거나 그 소리를 들어보지 못했던 터라 한번은 선생님께 여쭤 보았다.

"선생님, 혹시 학교에 음악 선생님이 계신가요?"

"그럼요. 저분이에요."

음악 선생님이 계셨구나. 다행이다 싶었는데 선생님이 지목한 음악 선생님은 정작 자기는 음악 선생님이 아니란다.

"저는 예술 선생님이지 음악 선생님이 아니에요. 예술은 음악, 미술, 율동을 포함하고 있거든요."

"그렇군요. 그런데 선생님, 혹시 학교에 피아노가 있나요?"

한참 생각하던 선생님은 어떤 피아노냐고 되물었다.

"어떤 피아노라……."

우리는 피아노라고 하면 그랜드 피아노나 업라이트 피아노를 쉽게 떠올린다. 우리가 어렸을 적엔 풍금에 맞춰 노래를 불렀고 그 후에도 음악 시간에는 어김없이 피아노에 맞춰 노래를 불렀다.

특히 나는 어릴 때부터 교회 성가대 활동을 했기 때문에 피아노가 친숙하다. 그런데 이곳에서는 피아노 이미지조차 쉽게 떠올릴 수 있는 형편이 아니었던 것이다. 피아노를 치며 아이들에게 노래를 가르쳐 주고 싶었는데. 쩝, 할 수 없다. '이가 없으면 잇몸'이라고 피아노는 포기하고 그냥 밀어붙이기로 했다. 사람의 목소리는 그 어떤 악기보다 훌륭하니까.

사실 내가 수업 시간에 노래를 가르치기로 결심한 것은 조금씩 어려워지는 발음, 문법 때문에 힘들어 하는 학생이 눈에 띄기 시작했기 때문이었다. 공부가 늘 재미있을 수는 없지만 공부든 일이든 즐기면서 하면 얼마나 큰 효과가 있는지 너무나 잘 알고 있기 때문이다.

나는 아이들에게 〈과수원 길〉과 〈겨울바람〉이라는 노래를 소개했다. 동요의 아름다운 노랫말이 아이들의 가슴에 잔잔히 스며들 수 있다면 얼마나 좋을까 기대하면서. 김공선 작곡, 박화목 작사의 〈과수원 길〉은 내가 어렸을 적 아버지가 사다 주신 을유문화사의 《한국 아동문학 독본》을 통해서 처음 알게 된 동요라 내겐 특별하다.

이 동요의 노랫말을 아이들에게 전달할 때는 물론 어려움이 있었다. 특히 "하얀 꽃 이파리 눈송이처럼 날리네"라는 구절이 이 노랫말의 백

〈과수원 길〉을 부르는 올란.

미인데 이 부분을 설명할 때는 영상이 머릿속에 선명히 그려질 수 있도록 모두 눈을 감고 들어 달라고 부탁했다. 그리고 풍경을 느끼게 하려고 나는 내가 구사할 수 있는 인도네시아어 중에서도 적절한 단어를 신중히 선택했다.

마음이 통했는지 간간이 아이들이 감탄하는 모습을 볼 수 있었다. 몇몇이라도 아카시아 꽃이 눈송이처럼 날리는 장면을 상상할 수 있었으면 좋겠다고 마음으로 아름다운 모습을 상상하며 설명하다 보니 나에게 먼저 감동이 밀려왔다.

다음으로는 〈겨울바람〉을 가르쳐 주었다. 한 소절씩 내가 먼저 부른 뒤 따라 부르게 했다. 사실 부톤 섬의 아이들이 '시리다'라는 노랫말을 잘 이해하지 못할 것 같아 걱정을 했다. '꽁꽁 얼었다'는 말은 더욱더 그랬다.

그렇지만 아이들은 낯선 느낌을 재미있어 했고 "꽁꽁꽁"이라는 운율에 꽤 즐거워했다. 그래서 다른 구절보다 "꽁꽁꽁"이라는 구절에서만큼은 유난히 크고 자신 있게 불렀다. 아이들은 노래를 통해 인도네시아에 없는 겨울을 알게 되었는데 아마 이들이 한국에 오면 그때를 겨울로 하지 않을까 싶다.

〈과수원 길〉과 〈겨울바람〉을 가르치고 나니 나더러 노래를 불러 달라고 조르기 시작했다.

나는 중학교 음악 시간에 〈스와니강〉〈여수〉〈보리수〉 같은 노래를 즐겨 불렀는데 그때 배운 노래 중에 인도네시아 민요 〈붕가왕 솔로〉라

는 노래가 있었다. 나는 〈붕가왕 솔로〉를 불러 주었다

봉가왕 솔로 아름다운 꿈을
영원한 꿈 싣고 저 멀리 흘러가네
어린 시절에 어버이 손잡고
정답게 들었지 맑은 저 물의 노래

세월은 끊임없이 흘러
어버이들은 가셨건만
들리는 저 멜로디는
영원한 것일까

봉가왕 솔로
아름다운 꿈을 영원히 싣고서
저 멀리 흘러가네
— 〈붕가왕 솔로〉

내가 인도네시아 민요를 부르니 의외였나 보다. 눈을 둥글게 만들며 끝까지 듣던 아이들은 큰 박수를 쳐 주었다. 아이들은 인도네시아 민요를 부르는 나를 무척이나 신기해했고, 즐거워했다. 나를 자신들과 한편으로 믿어 주고 받아들인다는 느낌마저 들었다.

그런데 내가 노래를 부른 게 소문이 났는지 다른 반에서도, 다른 학교에서도 노래를 가르치고 나면 노래를 불러 달라고 조르기 시작했다. 결국 나는 〈붕가왕 솔로〉를 여러 번 불러야만 했다. 마치 순회공연하는 것처럼 말이다. 내가 부르는 〈붕가왕 솔로〉는 어쩌면 소음 수준이었을지도 모르겠지만 한 번 아이들의 박수를 받고 나니 용기를 얻어 열심히 부르게 되었다. 듣는 학생들의 고충 따위는 고려하지 않고 말이다.

나는 나중에 귀국해서 우리 아이들에게 〈붕가왕 솔로〉를 인도네시아 학생들에게 불러줬다고 이야기를 했는데 다들 노래를 모르겠다는

〈겨울바람〉을 부르려는 아이들. 아이들은 노래 부르기 수업을 아주 좋아했다.

표정이다. 중학교 때 배웠으니 알고 있으려니 했는데 다른 많은 사람
도 모르고 있었다. 애초에 작정하고 외워 간 게 아니라 중학교 때 배워
서 꾸준히 알고 있었던 노래였는데 나만 기억하고 있었다는 게 의외였
다. 한편으로는 이 역시 인도네시아로 갈 수밖에 없는 운명이 아닐까
하는 생각이 문득 들었다.

　물론 그 덕을 보기도 했는데 내가 제6고등학교에서 〈과수원 길〉과
〈겨울바람〉을 가르쳐 주니 학생들이 답례로 찌아찌아족의 구전민요
를 불러 주었다. 제목은 〈그리운 내 고향〉인데 타향에서 고향을 그리
워하는 내용이었다.

　　　인다우 빌라까 인떼 이깜뽀노 미아
　　　보꼴리 깜뽀우 모께사노
　　　메 홀레아우, 메사팡까우
　　　사지아 찌아 몰링우 이시에

　　　인다우 사지아 모레붕 을랄로우
　　　부리 부리에 히나타우
　　　이보꼴리우 이 깜뽀
　　　노하라뿌시아우 아판쭐레

　　　마따노 상이아 찌아 몰링우 이시에

깔리붐 을리붐 메에붐노 모께사노
가우우 아판쭐레모
— 〈깔리붐 을리붐 깜뿌우〉

아이들이 불러 주는 〈그리운 내 고향〉. 찌아찌아어로 들었을 때도 감동했지만 그 뜻을 자세히 알고 싶어 한국어로 옮겨 보았다. 왠지 가끔 고향을 그리는 내 마음을 대신해 주는 것 같았다. 아이들이 불러 주는 〈그리운 내 고향〉이 한동안 귀에 맴돌며 떠날 줄 몰랐다.

나 돌아가리라
아름다운 나의 고향으로

가족들과 친구들이 사는
잊지 못할 그리운 그곳

어릴적 함께 지냈던
정다웠던 그녀가 있는 곳

그리운 나의 고향으로
나 이제 가리라

찌아찌아 마을의
한글 학교

눈 감으면 떠오르는

아름다운 그곳으로

나 돌아가리라

— 〈그리운 나의 고향〉

To: 정덕 영

from: 아흐 맛

ㄱ ㅕ ㅓ ㅇ ㅜ ㅡ ㄹ ㄷ ,

ㅎ ㅐ ㅎ ㅏ ㄴ

ㄴ ㅗ ㅇ ㅅ ㅏ

ㄱ ㅣ ㅇ ㅑ ㄱ

Kami ingin mengucapkan 우정 을 (?) 웃기 를 lagi

Dan ingin 선생 님 Menggoe kami lagi

Friend shp

INDONESIA
인도네시아

한국

ㅇ ㅡ ㅁ

ㄹ

ㄹ

ㅏ ㄷ

5 │ 겨울,
다음해
한글 농사를
기약하다

제1회 찌아찌아족 한글 교사 양성 과정

우여곡절, 다사다난.

제1회 찌아찌아족 한글 교사 양성 과정에 딱 어울리는 말이 아닐 수 없다. 우여곡절이 무엇인가. 멀다, 혹은 굽힌다는 뜻의 迂우, 남을 餘여, 굽을 曲곡, 꺾을 혹은 부러질 折절이란 뜻으로 조합하면 멀고, 굽고, 부러지는 일이 많다는 뜻이다.

사실 처음 한글 교사 양성 과정을 처음 생각했을 때는 직선코스로 달려갈 수 있을 것 같았다. 그런데 막상 가다 보니 직선이 아니고 우여 곡절의 길임을 절실히 깨닫게 되었다. 수차례 연기를 거듭한 끝에 겨우 막을 올린 제1회 찌아찌아족 한글 교사 양성 과정. 원래는 6월 방학 때 실시하려 했으나 내 비자가 만료됨에 따라 다시 비자를 만들기 위해서 한국에 돌아가야 했다. '그래 돌아와서 하면 되지' 하고 생각했는데 8월 초 막상 진행하려고 보니 라마단 때문에 할 수가 없었다. 라마단 기간 동안은 금식을 해야 하는 무슬림 풍습 때문에 교사들의 적극적인 수업이 어려워 참여율이 저조할 게 뻔했기 때문이었다.

라마단이 끝나면 진행해야지 했는데 라마단 뒤 이어지는 휴가, 리부르 르바란이 또 열흘이란다. 할 수 없이 다시 10월 초에 실시하기 위해 모든 계획을 수립하고 교재, 초청장 등을 준비했다. 그런데 또다시 불발이었다. 10월 9일 한글날 기념으로 농촌 진흥청에서 바우바우 시장 일행을 초청했는데 아비딘 선생도 포함되었기 때문이었다.

가르치는 것은 나 혼자서라도 어떻게 해 볼 수 있지만 시교육과에 신청서를 접수하고 허락을 받은 뒤 교사에게 일일이 초청장을 발송하고 출석부를 만들고 강의실을 확보하는 등 협조를 요청하는 일은 혼자서는 무리이기 때문이다. 그렇다고 모처럼 견문을 넓히기 위해 한국을 방문하고 싶어 하는 아비딘을 만류할 수가 없었다.

며칠만 참으면 되니까 조금만 기다리자. 다행히 10월 초에 출국했던 시장 일행은 한글날 다음 날인 10일에 바우바우로 돌아왔다. 그런데 10월 11일부터 17일까지는 또 공교롭게 '바우바우 시의 날'이 들어 있는 축제 기간이란다. 바우바우 시 전체가 들썩이고 모든 학교는 시가행진을 위해 방과 후에 연습을 해야만 했다.

아비딘은 학생 퍼레이드를 연습시키기 위해 바빴다. 나는 수업이 끝나면 오후에는 박람회, 전시회, 시가 축제 등에 초청되어 틈틈이 사진과 동영상으로 기록을 남기기 위해 밥 먹을 시간조차 없었다. 그러나 아비딘과 나는 밤늦게라도 거의 매일 만나다시피하며 계획을 세우고 필요한 사항을 일일이 확인하며 교사 양성 과정을 준비해 나갔다. 교재·노트·간식을 구입하고, 플래카드를 맞추고, 초청장 문안을 만들고, 초청장이 도착하기 전 미리 교사들에게 개인별로 알려서 관심을 갖게 하고, 시 교육청에 신청서를 접수시키고, 각 학교 교장에게 협조 요청을 하고, 강의실을 정하고, 출석부를 만들고……

인도네시아의 행정은 아직도 종이 서류로 돌아간다. 몇 명의 담당 공무원의 결재가 필요한데 그때마다 일일이 설명을 해야 했다. 실제 교육은 그렇다 치더라도 이런 절차 때문에 일을 포기하고 싶을 정도로 너무 힘들었다.

그 모든 절차를 끝내고 드디어 교사 양성 과정을 시작할 수 있게 되었다. 나는 오전 수업이 끝나고 교사 양성 과정이 시작되는 까르야바루 초등학교에 도착했다. 3시에 시작이니 준비하는 처지에서 나는 당연히 2시에 도착했다. 학교에는 아이들만 뛰어 놀고 있었다. 2시 45분이 되니 아비딘이 도착했고 2시 50분에 교장이자 한글 교사 양성 과정에 접수한 주미아니 선생이 도착했다. 3시 30분에 12명. 4시가 되어서야 신청자 전원인 20명이 모였다. 아비딘이 웃으며 말했다.

"이게 인도네시아예요."

인도네시아에는 '잠 까렛'이라는 말이 있다. '잠'은 시간, '까렛'은 고무줄이다.

'고무줄 시간.'

예전에 우리에게도 있었던 '코리안 타임'과 같은 것이다.

나는 이곳에서 생활한 지 1년이 다 되어가지만 아직 익숙해지지 않

수차례 연기를 거듭한 끝에 시작한 한글 교사 양성 과정.

역사적인(!) 개소식을
마치고 참가자들과 함께.

는 것은 바로 이런 것이다. 머리로는 이해하지만 아직 가슴으로는 받아
들이지 못하는……. 그러나 어쩌랴. 주어진 여건 속에서 최선을 다하는
수밖에. 환경을 바꿀 수 없다면 환경에 적응할 수밖에 없지 않는가.

수업에 앞서 내가 환영의 인사말을, 주미아니 교장이 격려사를 했고
한글 교사 양성 과정의 진행 계획과 교육 내용 개요에 대해 아비딘이
첫 시간을 강의했다.

그리고 둘째 시간으로 내가 자모 쓰는 법과 읽는 법을 가르쳤다. 짧
은 인도네시아어지만 즐겁게 분위기를 이끌려고 했다. 이런 말도 그렇
게 웃길까 할 정도로 교사들은 박장대소를 하며 즐겁게 적극적으로 수
업에 임했다.

모음에 관해서 한 시간 공부를 했는데 정말 잔칫집 분위기였다. 교
실 밖에는 운동장에서 놀던 아이들이 창문과 교실문으로 모여들었다.
모두 흥미를 보여서 나는 자신감도 생기고 점점 힘이 났다. 사람들 앞
에서는 그다지 말을 잘하지 못하는 편인데 교단에만 서면 나도 모르게
신이 나고 달변이 되어 부끄러운 줄도 모르고 평소에 연습하지도 않았

던 몸짓을 천연덕스럽게 하고 있는 나를 발견하곤 한다. 교사들은 재미있어 했고 나는 감격스러웠다.

찌아찌아족에게 한글을 가르칠 수 있는 교사는 한국 사람이거나 찌아찌아족 사람이거나 둘 중 하나인데 한국 사람이 한글을 가르치면 한글에 대한 정확한 지식이 있겠지만 전달하는 방법과 찌아찌아족 말에 대한 의미가 부족하기 때문에 한계가 있다.

그러나 찌아찌아족 교사가 한글의 자모를 익혀 한글을 쓰는 법과 발음을 익힌다면 그들의 언어를 이미 알고 있기 때문에 훨씬 더 효과적일 수 있다. 이것이 한글 교육과 한국어 교육의 다른 점이다. 그래도 숙제는 남는다.

이곳의 정서상 자신의 일과가 끝난 후 과외로 다른 일을 한다는 것은 거의 상상하기 어려운 일이다. 한낮이 더워서 몸과 마음이 지치지 않도록 일과 후에는 쉬어야하는 이유도 있지만 기본적으로 바쁘게 살아오지 않았기 때문이다. 이렇게 과외 시간을 통해 한글을 배워 한글 교사가 되면 이들에게 어떤 좋은 점이 있을까? 그래서 동기부여가 반드시 필요하다. 그래야 그들도 즐겁고 적극적으로 수업을 받게 될 것이고 가르치는 입장에서도 수월하고 보람이 있기 때문이다.

한글 양성 과정은 우여곡절을 겪었지만, 우여곡절은 빙빙 돌기만 하는 쳇바퀴나, 걸림돌이 아니라 디딤돌이라는 생각이 들었다. 디딤돌을 하나씩 밟고 건너온 결과, 한글 양성 교육 수료자가 스무 명이나 생겼기 때문이다.

인도네시아 시간은
네 개뿐

인도네시아에서는 하루의 시간이 대체로 네 가지로 나뉘어 있다.

'빠기'는 오전 4시부터 오전 10시
'씨앙'은 오전 10시부터 오후 2시
'소레'는 오후 2시부터 오후 6시
'말람'은 오후 6시부터 다음 날 오전 4시

그러니까 보통 약속을 할 때도 "몇 시에 만나자" 하고 정하기보다는 "씨앙에 만나" "소레에 만나", 하기도 하고 결혼식이나 모임 등에서도 그저 '씨앙' '소레' 등으로 말한다. 그러니까 '씨앙'에 만나기로 하면 어떤 사람은 10시에, 어떤 사람은 오후 2시에 약속 장소에 나갈 수도 있다. 나는 이곳에서 약속 시간이 익숙지 않아 속을 끓인 적이 한두 번이 아니었다. 언젠가 동료 교사와 식사 약속을 한 적이 있는데 그는 같이 식당에 가는 길에 잠깐 자기 집에 들러서 옷을 갈아입겠다고 했다.

"스벤따르 뚱그야."

그는 나더러 잠시 기다리라고 하더니 한 시간 후에야 모습을 드러냈다.

"좀 늦게 나온 거 아니야? 난 시간이 많이 걸려서 무슨 일이 생긴 줄 알았어."

내가 웃으며 말했더니 그저 웃으며 한다는 소리가 "씻고 나와서 그래. 난 씻지 않으면 밥맛이 없거든. 그러니까 집에 들어와서 기다리라고 했잖아"란다.

나는 '잠시'라고 하기에 굳이 집에 들어가서 기다릴 것 있나 하고 밖에서 기다렸던 것인데 '잠시'라는 시간의 격차가 얼마나 큰지 몸소 체험할 수 있었다. 그와는 달리 나는 이미 기다리다가 지쳐서 밥맛도 잃고 속도 상해 버렸다.

교사 양성 과정을 개설해 놓고도 '시간' 때문에 혼란스럽기는 마찬가지였다. 3시에 시작하기로 했지만 3시에 오는 사람은 거의 없고 한 사람씩 한 사람씩 와서 결국 실질적인 수업은 4시 30분이 되어야 시작할 수 있었다.

그렇다고 3시에 하기로 약속을 해 놓고 4시 30분에 수업이 이루어진다고 그때 갈 수는 없는 노릇이었다. 늘 30분 전에 가는 버릇 때문에 2시 30분에 가서 책도 읽고 아이들과 이야기도 하며 선생님들을 기다리곤 했다. 결국 두 시간 수업을 하고 늘 밤길을 달려 숙소에 돌아가곤 했다.

이곳에 있으면서 결혼식에도 여러 번 초대받아 갔던 적이 있다. "몇 시까지 가면 돼요?" 하고 물으면 영락없이 '씨앙' 아니면 '소레'다. 그럴 줄 알았다고 속으로 생각하면서도 혹시나 해서 시간을 다시 물으면 오후 1시쯤 아니면 오후 2시쯤이라고 대답한다. 우리나라에서는 시간뿐만 아니라 분까지도 정해 놓고 만난다고 가끔 이야기해 주면 어떤 사람은 놀라워하며 "왜 그래요?" 하고 되묻기도 한다. 어떤 이는 웃으면서 "여기는 인도네시아니까" 하고 말한다.

차 시간도 마찬가지다. "몇 시에 출발해요?" 하고 물어도 그저 '씨앙' 아니면 '소레'다. '씨앙'이고 '소레'면 되지 뭘 야박하게 몇 시까지 묻느냐는 눈치다.

이곳 시간은 한국과 다르게 흘러간다. 나는 몇 월 며칠 몇 시라고 이야기하는데 이곳에서는 언젠가, 나중에, 오후라고 얘기한다. 나는 톱니바퀴 같은 삶에 익숙해 있지만 이곳은 그냥 굴렁쇠같이 굴러간다. 톱니바퀴는 맞물리는 다른 톱니바퀴가 없으면 혼자서는 제구실을 할 수가 없다.

내 톱니바퀴에 다른 사람의 톱니바퀴가 맞물려 돌아가기를 원하지만 그것은 내 생각일 뿐. 모든 굴렁쇠가 톱니바퀴로 바뀌는 것이 불가능하다면 내가 굴렁쇠가 되는 편이 낫겠다고 생각하지만 그건 또 얼마나 어려운 일인가.

오랑코리네시아

시에서 지원해 주던 차가 나오지 않아 며칠 동안 오젝을 타고 비를 맞으며 소라올리오로 교사 양성 과정 강의를 다녔더니 몸살감기에 걸렸나 보다. 삭신이 쑤시고 어지럽다. 객지라 그런지 아프면 덜컥 겁부터 난다. 병원에 입원했던 적도 있던 터라 더욱 그랬다.

"와자 안다 뿌짯."

학교에 도착하니 주미아니 교장이 안색이 좋지 않다며 걱정을 했다. 주미아니 교장은 내가 한글 교사로 있는 까르야바루 초등학교의 교장이자 찌아찌아족 한글 교사 양성 과정에서 나에게 한글 교육을 받는 학생이기도 하다. 더욱이 나이도 같아 금방 친한 사이가 되었다.

"오~브기뚜_{정말요?.}"

피부색은 달라도 안색이 좋지 않은 것은 구별이 되나 보다. 이곳에서 생활하면서 우리와 다르다고 느낀 점은 여기 사람은 몸이 아프면 학생, 선생님, 회사원 할 것 없이 집에서 쉰다는 것이다.

우리는 웬만큼 아프지 않고는 아픈 몸을 이끌고서라도 출근을 하거나 등교를 하지 않는가. 그러나 이들은 아프면 무조건 쉰다. 쉬지 않고 무리하면 더 오랫동안 아프게 되어 손해라는 것이다. 그렇지만 아프더라도 어떻게든 학교나 직장은 가야 한다고 굳게 믿어온 습관이 이곳에서라고 쉽게 변하겠는가.

"구루정정 선생님! 다음부터 아프면 쉬세요."

주미아니 교장이 거듭 말을 건네서 알겠다는 표정으로 웃어 주었지만 그건 그때 가 봐야 알지, 내 마음은 나도 잘 모른다. 그래도 주미아니 교장의 한 마디가 큰 위로가 된다. 주미아니 교장뿐만 아니라 주변의 다른 사람도 마찬가지였다.

나는 이곳에서 생활하면서 얼굴과 팔이 상당히 검게 그을렸다. 얼굴이야 늘 드러내 놓고 다녀야 하니 어쩔 수 없다. 또, 주로 반팔 상의를 입으니 팔꿈치 윗부분은 흰 편이지만 아랫부분은 그들 말마따나 '히땀검다'이다. 그래서 동료 교사들은 나의 팔뚝을 가리키며 말한다.

"오랑 인도네시아인도네시아 사람."

그러고 나서는 윗부분을 걷어 올려 보라고 시키는데 그들 말대로 살짝 걷어 보면 햇빛에 노출되지 않아 비교적 하얀 살이 드러난다. 그러면 동료 교사들은 그걸 또 가리키며 "오랑 코리아한국 사람"라고 한다.

나는 그들이 이렇게 말해주는 것을 고맙게 생각한다. 그들의 일원이라고 인정해 주면서 또한 나의 정체성을 잃지 않게 배려해 주는 마음이 느껴지기 때문이다. 그들의 마음처럼 나는 티셔츠와 러닝셔츠 윗부

나는 이들에게 한글과 한국어를 가르쳤지만,
그 이상으로 많은 것을 이들로부터 배웠다.

분에 인도네시아 국기를 새겼다.

그리고 모자에도 새겨서 쓰고 다녔다. 빨간색과 하얀색으로 이루어
진 벤데라 메라뿌띠벤데라는 국기, 메라뿌띠는 인도네시아 국기 이름. "메라"는 빨강색으로 용맹을, 뿌
띠는 흰색이으로 순결을 의미한다는 멋있을 뿐만 아니라 잃어버리거나 바뀔 염려
도 없고 무엇보다 인도네시아를 생각하는 내 마음이 담겨 있다.

그런데 왜 아무도 내 옷에 새겨진 메라뿌띠를 보고 묻지 않는지 모르
겠다. "정 선생님, 그러면 정 선생님 국기는 어디에 있어요?"라고 물으
면 "태극기는 가슴속에 있어요"라는 멋진 멘트까지 준비하고 있건만.

하지만 요즘 난 내가 오랑 인도네시아는 물론, 오랑 코리아도 아니라

고 생각한다. "어디에서 왔냐"는 질문에 나는 이렇게 대답하고는 한다.

"오랑 코리네시아."

물론 상대방의 입장에서는 내가 한국인인지, 혹은 중국인이나 일본인인지 헷갈리기 때문에 어디에서 왔냐는 질문을 던진 것이므로 이 대답에 당황하기도 한다. 하지만 난 지금 분명 코리네시아 사람이다. 한국과 인도네시아, 두 나라를 사랑하고 두 나라의 사람들과 함께 살아가고 있기 때문이다.

이제 이들이 정식으로 한글을 쓰게 되면, 더 많은 오랑 코리네시아가 생겨날 것이다. 한국과 인도네시아를 넘어 두 나라의 글자와 문화를 공유하는 사람들 말이다. 나는 그만큼 한국에서도 많은 오랑 코리네시아가 생겨나길 바란다. 때문에 이곳에서 내가 할 일은 한국 문화를 전하는 일이고, 돌아갔을 때 내가 해야 할 일은 인도네시아의 문화를 한국에 전하는 일이라고 믿는다.

마지막 수업과
교사 양성 과정 수료식

끝에 거의 다다랐다. 오전에는 제1고교 1학년 2반의 마지막 수업이 있었다. 총 20여 회 남짓한 수업으로 얼마나 많은 것을 배우고 가르쳤을까. 아쉬운 마음과 미안한 마음이 한꺼번에 든다. 아쉬운 것은 더 잘 가르칠 수 없었을까 하는 안타까운 마음이고, 미안한 마음은 한국어의 깊이는 알리지 못하고 맛만 보이는 데 그쳤다는 생각 때문이다. 아무리 열심히 가르치고 배우더라도 늘 아쉬움은 남는다. 그래도 학생들은 서투르게나마 한국어 혹은 한글로 작별의 아쉬움을 담아 편지를 써 주었다.

오후에는 제1회 찌아찌아족 교사 양성 과정 수료식이 있어서 이것저것 분주했다. 일단 숙소로 돌아와 사전 두 권과 기념품을 준비하고 오늘을 위해서 잘 간직한 부톤의 전통 의상을 꺼내 입었다.

가끔 바주부톤이라는 부톤 전통 상의를 입고 등교하기도 했는데 교문을 들어서면 동료교사들이 "간뗑멋있다" 하고 말해 주기도 했다. 전통 의상을 입고 가방을 들고 선물보따리를 드니 귀성 길에 오른 기분이다.

그런데 3시까지 오기로 한 아르파가 오질 않는다. 아르파는 관청 직원으로 대중교통이 없는 소라올리오 출퇴근을 도와주기로 했는데 전화를 하고 메시지를 열 번 넘게 해도 감감무소식이다. 이런 적이 한두 번이 아니지만 3시까지는 꼭 와 달라고 몇 번이나 확인하고 다짐한 터라 쉽사리 기다리기가 포기되지 않았다. 결국 한 시간 넘게 기다리다가 호텔차를 빌려 타고 소라올리오로 향했다. 그런데 도착하자마자 아비딘이 급하게 나를 불렀다.

　"선생님!"

　"왜요?"

　"어떡하죠?"

　"뭘?"

　상품으로 준비한 사전을 캐비닛에 넣고 열쇠를 잃어버려 준비를 못 했다고 했다. 게다가 수료증에 이름을 새겨 가지고 오겠다고 하더니 잊고 그대로 가져왔다고 한다. 싫은 소리를 한마디하고 싶었다. "그러니 미리미리 준비해야 하지 않겠느냐"고 말이다. 그러나 다 끝나가는 마당에, 같이 고생한 처지에 차마 그 말을 할 수가 없었다. 결국 수료식을 이틀 후로 연기하기로 하고 수료생들에게 양해를 구했다. 그래도 모두 웃으면서 선선히 그러마고 승낙을 해 주니 다행이다. 그때 출퇴근을 도와주는 아르파에게서 전화가 왔다.

　"정말 미안해요."

　낮잠이 들어 전화벨 소리를 못 들었단다. 이런 일이 한두 번 일어나

결국 이틀 후 수료식이 열렸다. 1등 성적을 거둔 사마드 이스학 아자마 선생님(안경 쓴 이).

수료증.

는 것도 아니고 이제 익숙해질 때도 되었건만 막상 닥치면 그게 참 사람을 힘들게 한다. 마지막을 훌륭하게 마무리하고 싶었는데 이게 뭐람. 정말 마지막까지도 한글 양성 과정은 쉽지가 않구나 하는 생각이 들었다. 그런데 숙소에 돌아와 곰곰이 생각해 보니 그게 아니었다. 마지막이라고 생각하니 아쉬움이 들었는데 아비딘이 한 번 더 사람들을 만날 수 있는 기회를 마련해 준 게 아닌가.

행복한 삶이란?

아시안게임이 끝났다고 한다. 기대 이상의 성과를 거두었다고 하니 아시안게임을 마친 영웅들은 국민의 대대적인 환영을 받으며 금의환향할 것이고 그들의 업적은 하루에도 몇 번씩 화면을 수놓을 것이다. 그러나 좋은 성적을 거둔 선수는 물론이고 최선을 다했지만 만족할 만한 성적을 거두지 못한 선수도 모두 아시안게임을 빛낸 영웅이라는 사실을 우리는 잊지 말아야 한다.

〈빨간머리 앤〉에서 앤은 이런 말을 했다.

"최선을 다해서 공부를 하고 합격하는 것이 가장 좋은 것이고 두 번째로 좋은 것은 최선을 다해 공부해서 불합격한 것이라고."

아시안게임에서 최선을 다한 모든 선수가 성적과는 관계없이 모두 행복하고 풍요롭기를 기대한다. 나도 오늘 까르야바루 초등학교에서 한글 수업을 마침으로 이번 학기의 한글 및 한국어 교육을 마쳤다. 크고 작은 난관과 몇 번의 위기는 있었지만 대과 없이 임기 동안 찌아찌아족의 한글 교육을 무사히 마치게 된 것에 감사할 뿐이다.

이 일을 시작하면서 나는 다짐했다. 내 인생의 한 토막은 나와 내 가족이 아닌 다른 사람을 위해서 살겠다고. 길지 않은 세월이지만 지금까지의 인생 여정 중에 그런 다짐에 가장 근접한 삶이 한글 교육을 위해 찌아찌아족과 함께 생활한 것이 아니었나 싶다.

티푸스와 플루로 인한 두 번의 입원, 교통이 불편해서 빗속을 오토바이로 출근하다 경험한 아찔한 순간, 오전에는 학생들 수업하고 오후에는 한글 교사 양성 과정을 진행하느라 늘 더위에 체력이 고갈되어 건강한 내일을 기약할 수 없었던 나날······.

까르야바루 초등학교에서의 종업식.

찌아찌아 마을의
한글 학교

사실 나는, 과연 이 일을 끝까지 잘 마칠 수 있을까, 스스로도 장담할 수가 없었다. 누군가가 나를 돕는 손길이 없다면 혼자서는 안 될 거라고 생각하기도 했다. 그러나 모든 일을 잘 마친 걸 보니 헤아릴 수 없이 많은 사람이 나를 돕고 있었음을 다시금 깨닫게 되었다.

11월 29일 폐막된 아시안게임에서 우리나라는 기대 이상의 성적을 거두었다는 낭보다. 우리나라보다 훨씬 많은 인구와 국토를 가진 인도네시아는 금메달 수가 우리나라의 10분의 1도 채 되지 않는다.

가끔 텔레비전에서 아시안게임 소식이 들리는데 성적이 그다지 좋지가 않아서인지 중계방송은 거의 없고 단신으로 메달 집계와 이 나라 국기라 할 수 있는 배드민턴 시합만 가끔 보여 준다. 평소에도 나를 보면 '코리아 최고'라고 엄지손가락을 세워 보이는데 아시안게임을 지켜보고는 더더욱 코리아 최고라고 치켜세운다. 운동도 잘하고 세계 10위권의 부국인 점만 보면 이곳 사람들로서는 부러워하고, 동경할 만도 하다. 그러나 국제경기 성적, 경제력 등 이른바 국력이 국민을 고무할 수는 있지만 궁극적으로 행복하게 하는지는 잘 모르겠다.

여기 사람들 남루한 옷을 입고 접시에 밥과 약간의 반찬으로 그야말로 거친 식사를 하지만 늘 웃음 띤 얼굴로 생활에 만족하는 모습이다. 이러니 행복은 적어도 물질적·외형적 성장과 발전에 비례하는 것은 아닌 것 같다.

안녕!
까르야바루 초등학교

12월 2일, 까르야바루 초등학교에서 나를 위한 송별회가 열렸다. 마지막 수업이 끝나자 자연스럽게 송별회 자리가 마련되었는데 이미 나는 온갖 상념에 사로잡혀 있었다.

1년 가까이 나에게 한글을 배웠던 4학년 아이들이 마지막 수업에 모두 교복을 차려 입고 왔다. 우리나라에서야 교복은 늘 입는 거지만 이곳에서는 학교 행사 때나 특별한 일이 있을 때만 입는다. 그래서 1년 머무는 동안 말쑥하게 교복을 차려입은 아이들의 모습을 볼 일이 그리 많지 않았다.

그런데 오늘, 누가 시켜서 입고 온 건지는 모르겠으나 한글 마지막 수업이라고, 고작 1년 있던 한글 선생이 떠난다고 교복까지 차려입고 나온 아이들을 보니 가슴이 먹먹해져 왔다.

아이들에게 마지막 인사말을 전하는데 수업 때와는 달리 자꾸만 말문이 막혔다. 부톤 섬에 1년 동안 있으면서 인도네시아어도, 찌아찌아어도 의사소통이 가능할 정도로 익혔는데 내 마음을 전달하기에는 아직 마뜩잖았다. 아니, 너무 많아서 고를 수가 없었다.

아직 내 마음속에는 전하지 못한 말이 너무 많았다. 결국 말로는 다 전하지 못해서 잠시 침묵했다. 몇 마디의 말보다 잠시 동안 침묵이 필요할 때가 있는데 지금 내가 그렇다. 너무 슬플 땐 오히려 침묵이 필요하다고 생각했다. 가슴으로 아파할 시간이 필요했기 때문이다.

그때 나는 침묵도 하나의 언어라는 사실을 깨달았다. 잠시의 이별과 다시 만나자는 약속, 그리고 잘 지내라는 모든 말은 어쩌면 침묵에서 나오는지도 모르겠다고 생각했다. 그러므로 전하지 못한 말이 많았지만 모든 말을 다 나누었다. 아무 말도 하지 않음으로써 모든 말을 다 할 수 있는, 굳이 일일이 호명하지 않아도 다 알아주는 아이들과 나의 침묵은 내게 그런 믿음을 확신시켜 주었다.

그 대신 오랜 시간 동안 모든 아이의 조그맣고 까만 손을 잡아 주었다. 따뜻하게 안아 주었다. 아이들을 한 명씩 안아 주자 목이 메었다. 아이들도 내 마음과 같은지 울기 시작했는데 특히 데위는 볼 때마다 울어서 안쓰러웠다. 몇몇 아이는 나에게 선물을 주었다. 알록달록한 포장지로 정성껏 포장한 선물이었다. 선물마다 이름이 쓰여 있었는데 내가 가르쳐 준 한글이었다. 한 글자 한 글자 또박또박 쓰여 있었다. 연필을 잡고 힘주어 써 내려간 아이들의 마음까지 또렷이 새겨 있었다.

가슴이 뭉클해지고 목은 자꾸 메는데 혹시라도 내 얼굴에 슬픈 표정이 드러날까 봐, 만에 하나 눈물이라도 고일까 봐 진정시키느라 혼났다. 일부러 다른 생각을 하고 흠흠거리면서 콧노래 비슷한 소리를 냈다. 마치 선물을 받아서 즐거운 것처럼. 그러나 억지로 참을수록 코끝이 시큰해지고 눈이 너무 아파서 자꾸 헛기침만 났다.

아이들에게 받은 선물은 그 자리에서 뜯지 못하고 숙소에 가져와 천천히 뜯어 보았다. 인형, 만화, 목걸이, 과자, 라면, 커피 믹스 두 개, 손수건, 탁상용 액자, 열쇠고리…….

선물을 사서 포장을 하느라 며칠 전부터 분주했을 아이들의 모습과 선물하고 싶어도 그러지 못했을 아이들의 얼굴이 동시에 떠올랐다. 하루의 끼니를 다 챙기지 못하는 아이들도 있고 신발이 없는 아이들도 있으니 말이다.

나는 아이들의 선물을 뜯고 포장지에 붙은 이름을 잘라 내어 지갑에 갈무리해 두었다. 다시 오게 되면 모든 아이에게 한 명 한 명 이름표를 붙여 선물을 주리라. 그러나 오늘 저녁에는 그저 아이들의 이름을 한 명씩 불러 본다. 내 조그만 방에 아이들의 이름이 나지막이 그러나 하나 가득 쌓이고 있었다.

까르야바루 초등학교의 마지막 수업과 동시에 송별회까지 마쳤으니 더 이상 나를 찾을 일이 없을 거라 생각했다. 귀국하기 전에 한 번이라도 더 가고 싶은 마음이야 굴뚝같았지만 지금 내게 남은 일은 그저 숙소에서 조용히 짐을 꾸리는 것이다.

그때 전화가 왔다. 까르야바루 마지막 수업을 마친 다음 이틀 후였다.

선생님들이 마련해 준 송별회를 마치고.

눈물을 멈추지 못한 울보 데위.

아이들이 내게 준 작별 선물.

"정 선생님, 까르야바루 초등학교에서 선생님들이 송별회를 마련했는데요. 시간 나면 좀 와 주실 수 있나요?"

주미아니 교장 선생님이었다. 송별회에는 까르야바루 초등학교 선생님뿐만 아니라 소라올리오에 있는 5개 초등학교의 선생님이 참석했다. 대부분 한글 교사 양성 과정에 참여했던 선생님이었다.

선생님들은 나에게 한글 교사 양성 과정을 통해 한글을 접하게 해 주어서 고맙다고 말했다. 거듭 고맙다고 말해 주었다. 그리고 물었다. "한글이 우리 찌아찌아족의 공식 문자가 된 것이 맞아요?"라고. 내가 고개를 끄덕이자 선생님들은 그렇다면 까르야바루 초등학교뿐만 아니라 다른 학교에서도 한글 교육을 해 달라고 했다. 그리고 그렇게 해 줄 수 있느냐고도 물었다. 나는 한국에 돌아가면 찌아찌아족 선생님들의 의견을 잘 전달하겠다고 말했다. 그리고 곧 그렇게 되도록 노력하겠다는 말도 덧붙였다. 선생님들은 꼭 전해 달라며 거듭 당부의 말을 했고 헤어질 때에는 내 손에 땅콩 두 봉지와 부톤 섬 지도를 선물로 쥐어 주었다.

선생님들이 나에게 선물한 부톤 섬 지도는 가슴에 아련하게 남았다. 1년 동안 머물렀던 부톤 섬이 아니라, 내가 한국에 가서 전해 주고 보여 줘야 할 부톤 섬이라는 생각이 들었기 때문이다.

부톤 섬, 이 안에 한글을 만난 찌아찌아족이 살고 있다. 그리고 한글을 더 많이 만나고 싶어 하는 찌아찌아족이 우리를 기다리고 있다.

아지 쁘라꼬쇼니만또

안녕하세요 .....

선생님 adalah guru yang baik, menyenangkan,

dan memberikan kami kegembiraan. Jangan lupakan k...

Kamipun takkan melupakanmu 선생님 .....

kami ingin bertemu 선생님 lagi ....

Dan ingin 선생님 mengajar kami lagi

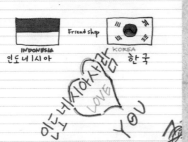

INDONESIA — Friendship — KOREA
인도네시아   한국

인도네시아사랑 LOVE YOU

24-11-2010   25-11-20

선생님

SMA NEG. 2 BAU-BAU

---

music time

정덕영 선생님께

착한 전 선생님 한국에 가시간에
저는 선생님께 구리워할 게요 겁니다
선생님 자주 우리에게 한국어 랑
한국 노래를 가르쳤습니다
재바 선생님을 항상 기억할 겁니다
하지만 다음에 선생님
우리 나라 와서 바우-바우 시내에
가세요. 저는 많은 선물을 줄겁니다
아마 저흘 만나 붓토
지금까지 저는 일이 만들려 어서
미안합니다.

부기, 2010년 11월 21일

구소띠

(SKT) Selamatkan Anak Bangsa Dari Bahaya NARKOBA

정동영 선생님께
안녕하십니까?

고맙습니다 모든 선생님 나에게 주었어요.
되면 선생님 한국에 도착했고 나에게 길이 않아요
우리는 어디 있어요. 항상 선생님을 그리울까요
그리고 거도 빠르고 우리는 다시 만날수 있어요
말 개월 우리와 함께가 있어 않아요

되면 동안 선생님 우리에게 가르쳤어요
우리는 선생님에게 질문은 드렸어요. 정말 최준해요

학생
살시로

사라아이해요

I LOVE KOREA

또더 만나요 !!!

찌아찌아 아이들이 한국으로 보낸 핸드폰 문자메시지 (우리말로 번역한것)

안녕하세요, 선생님. 그동안 어떻게 지내셨어요.
부인(사모님)에게도 안부 전해주세요. 그리고 늘 행복하시기를 바랍니다.
제 전화번호를 저장해두세요. ★ 테위

선생님 '꽃보다남자'와 '아쉬운 마음인걸'이 무슨 뜻이에요? ★ 테위

아직 (선생님이 이곳으로 오는 것에 대한) 한국의 허락이 나지 않았나요?
저는 선생님이 그리운데요. 언제 바우바우에 오시나요? ★ 딜라

선생님 오늘 제가 뭘 먹었게요? 오징어하고 새우예요.
근데 별로 맛이 없었어요. 선생님이 없었기 때문이죠. 하하하! ★ 아지자 누르

선생님 (한국에서) 오실 때 스티커 사다 주실 수 있어요? 가방에 붙여 놓았는데 없어졌어요. ㅠㅠ
★ 옥타비아나

너무 자주 문자를 보내 선생님을 귀찮게 하는거 아닌가요?
선물도 고맙습니다만 우리가 원하는 것은 선생님이에요. ★ 이땡

선생님, 만약 서울에서 김범 만날 수 있으면 이입이 안부 전하더라고 전해주세요. ★ 이입

선생님, 다음 학기에도 우리 가르쳐 주실 건가요?
전 지금 한글 단어 실력이 많이 늘었어요. ★ 이입

전 한글을 잘 읽을 수 있지만 아직 뜻은 많이 모르겠어요.
한국 사람들에게 안부 전해주세요. ★ 린다

선생님이 생각나요. 빨리 돌아오세요.
우리는 언제나 선생님을 기다리고 있답니다. ★ 지종

고맙습니다 선생님. 아직 기억해주셔서......
우리들에게 선생님이셨던 그때를 생각하면 즐거워요. ★ 란띠

선생님 가시면서 내주신 숙제는 언제 검사해 주실 거예요? ★ 인딴

◆◇

2012년 2월, 정덕영 선생님은 경북대학교가 설립한 세종학당의 교사로 뽑혀 다시 인도네시아 부톤섬으로 떠났습니다.